그들의 문학과 생애

한국문학평론가협회 | 한길사 공동기획

그들의 문학과 생애

임화

김윤식 지음

한길사

그들의 문학과 생애

임화

지은이 · 김윤식

펴낸이 · 김언호

펴낸곳 · (주)도서출판 한길사

등록 · 1976년 12월 24일 제74호

주소 · 413-756 경기도 파주시 교하읍 문발리 520-11
www.hangilsa.co.kr
E-mail: hangilsa@hangilsa.co.kr

전화 · 031-955-2000~3   팩스 · 031-955-2005

상무이사 · 박관순 | 영업이사 · 곽명호
편집 · 박희진 박계영 안민재 이경애 | 전산 · 한향림 | 저작권 · 문준심
마케팅 및 제작 · 이경호 | 관리 · 이중환 문주상 장비연 김선희

출력 · 지에스테크 | 인쇄 · 현문인쇄 | 제본 · 성문제책

제1판 제1쇄 2008년 1월 31일

값 15,000원
ISBN 978-89-356-5983-8 04810
ISBN 978-89-356-5989-0 (전14권)

• 이 도서의 국립중앙도서관 출판시도서목록(CIP)은
e-CIP 홈페이지(http://www.nl.go.kr/cip.php)에서 이용하실 수 있습니다.
(CIP제어번호: CIP2008000342)

예술, 학문, 움직일 수 없는 진리……

그의 꿈꾸는 사상이 높다랗게 굽이치는 동경

모든 것을 배워 모든 것을 익혀

다시 이 바다 물결 위에 올랐을 때,

나는 슬픈 고향의 한 밤,

해보다도 밝게 타는 별이 되리라.

청년의 가슴은 바다보다 더 설래었다.

.... 임화, 「해협의 로맨티시즘」

머리말

이 나라 현대문학사를 통틀어 헤겔적 의미에서 임화만큼 문제적인 인물은 많지 않다. 그는 제일급의 시인이자 비평가였고, 또한 실천가였다. 그보다 뛰어난 시인도 비평가도 실천가도 있었다고 볼 수 있을지 모르나, 이 셋을 아울러 임화만큼 뜨겁게 온몸으로 살아간 사람은 따로 없다.

선천적 감수성이 그로 하여금 시인으로 치닫게 했고 타고난 용모가 활동사진 배우로 나아가게 했지만, 그로 하여금 비평가로 치닫게 한 것은 그가 살았던 시대였다. 그것은 계급혁명이라는, 20세기가 빚어낸 위대하고도 가장 비극적인 조건 한복판에 그가 섰음을 가리킴이다.

당초에 그 조건은 중학 중퇴생인 이 식민지 청소년에게 전위(前衛) 운동의 형태로 다가왔다. 아나키즘도 계급사상도 현실부정 위에 구축된 점에서 문학과 흡사하게 그에게 육박해 왔다. 「네거리의 순이」(1929)의 시인 임화가 동시에 최신식 예술형식인 활동사진의 주역배우로 나아간 것도 이를 새삼 말해준다.

그로 하여금 이러한 전위 운동에서 벗어나게 한 계기는 1930년을 전후한 일본체험에서 주어졌다. 그는 식민지 종주국인 일본제국의 수도 도쿄에서 다음 두 가지를 통렬히 깨달았다. 전위이긴 해도 혁명이란 계급혁명이라는 점. 그는 거기서 아나키즘과 비마르크스주의가 여지없이 떨어져 나간 자리에 마르크스주의가 알몸으로 솟아오름을 온몸으로 목격했다. 이 깨달음이 그로 하여금 조직훈련으로 향하게 만들었다. 카프 도쿄지부(1927~30) 이북만의 조직 속에서 남다른 조직훈련을 겪었는바, 이것이 전위운동에서 벗어난 중기의 임화를 가능케 했다. 거창한 카프 서기장 임화의 탄생과 군림이 그것이다. 전위운동의 자리에 계급혁명이 군림하기 위해서는 조직훈련이 절대적 조건임을 임화만큼 투철히 깨달은 문인은 거의 없다. 백철의 남다른 열정도, 김남천의 통렬한 옥중체험도 임화의 이 조직훈련 앞에서는 무력했다. 백철과의 우정유지에도 김남천과의 거리조정에도 그는 이 조직훈련이라는 잣대를 댈 수조차 있었다.

그의 비평이 잠정적이지만 관념적이고 또 힘찼음은 이 조직훈련의 표현에서 왔다. 감정적이지만 그의 시가(詩歌)의 우렁참도 이 조직훈련의 표현에서 왔다. 감정적이지만 그의 행동의 민첩함도 이 조직훈련의 실천에서 왔다. 이 힘참과 우렁참과 민첩함이 마침내 해방공간(1945~48)의 하늘에 불꽃처럼 폭발했고, 또 6·25(1950~53)는 그의 힘참과 우렁참과 민첩함을 동시에 불꽃처럼 사라지게 했다. 이 불꽃이 아름다운 것은 그것이 우리의 생명처럼 명멸함에서 온다.

2007년 12월 31일
김윤식

임화

머리말   6

가출한 모던보이 ……………………… 11

다다이즘에서 카프로 ……………… 23

아비의 발견 ……………………………… 37

아비의 무기를 들고 ………………… 49

영화배우 임화 ………………………… 57

누이 콤플렉스 ………………………… 69

현해탄 콤플렉스와 민족 에고이즘 ……… 89

도쿄시대와 현해탄 콤플렉스 ……… 105

스스로 아비되기 ……………………… 119

전향의 표정 …………………………… 131

해방에서 처형까지 ………………… 147

주   169
임화 연보   175
작품목록   179
연구서지   199

가출한 모던보이

한 나라의 문화사 속에, 플러스적이든 마이너스적이든 극복되어야 할 대상으로 뚜렷이 파수병처럼 지켜서 있는 정신적 지주가 있다는 것은 어떤 이유에서든 다행한 노릇이라 하지 않을 수 없다. 한국 근대문학사에서도 이러한 대상은 많지는 않으나 몇 개의 커다란 봉우리로 놓여 있음은 물론이다. 그 가운데 하나가 임화, 임인식이다. 비평가·문학사가·시인·영화배우, 그리고 무엇보다도 카프(KAPF, 조선프롤레타리아예술가동맹)와 조선문학가동맹의 실질적인 조직 책임자로 살았으며 마침내는 역사의 비정한 폭력성에 치여 '미제국주의 스파이'라는 오욕의 패찰을 달고 처형되었던 인물. 이처럼 임화의 일생이 그리고 있는 궤적은 우리 근대문학사의 핵심을 관통하고 있다.

임화의 출신배경은 아직도 거의 밝혀지지 않았다. 다만 그의 말 몇 토막만이 남아 있을 뿐인데, 그것도 지극히 불투명하다. 다만 확실한 것은 그가 가출했다는 사실이다.

　나의 고향은 서울 낙산 밑입니다. (……)
　10세 전후의 소년시대: 열 살에 동대문 안에 있는 사립학교가 해산되는 바람에 보통학교 일년급으로 올라갔습니다. 아버지는 자상하시고 어머니 슬하에 나는 행복된 소년이었습니다.
　20세 전후의 청년시대: 중학교를 5년급에 집어던지고 난 지 2년후 어머니도 돌아가고 가산도 파하고 나는 집에도 안들어가고 경성거리를 정신나간 사람처럼 헤매였습니다. 괴로운 때였습니다. 그러나 마음은 강한 행복에 불탔습니다.[1]

　저는 1908년 빈농의 집안에서 태어나 4, 5세 때 아버지가 소기업을 경영하여 17, 8세 때까지 소시민의 가정환경 속에서 자라났습니다. 1921년부터 경성시에 있는 보성중학교에 재학하고 있었는데 그때부터 문학에 흥미를 느껴 시를 쓰기 시작했고……. (북조선 기소문)[2]

1908년 10월 13일 경성에서 태어난 임화가 자기 가정환경을 제시해놓은 것은 이것이 전부이다. 다른 곳에서 그는 "열아홉 살 때 가정의 파산과 더불어 그의 평화한 감상시대는 끝이 났습니다"[3)]라고 했을 뿐, 부모의 직업이나 계층에 대한 언급은 물론 형제의 유무에 대해서도 전혀 언급이 없다. 그러나 그는 가출이라는 사실만은 매우 의미 깊게 언급했는데, 보성중학 5년급에 학교를 버렸다는 것이다.

임화는 하이네의 시를 열심히 읽었으며 일본 근대시에 큰 영향을 끼친 서구 상징파시 번역집 『해조음』 가운데 베를렌과 칼 부세를 좋아해서 지금도 그 시를 욀 수 있다고 적고 있는데, 시를 향한 이와 같은 편향성은 먼 것에 대한 형언할 수 없는 그리움이라고 요약해볼 수 있다. 또한 그는 "무모하게도 교과서를 팔어 그때 유행하던 조타모를 사쓰고 본정에 가서 『개조』라는 잡지 일책과 크로포트킨의 저서를 사가지고 의기 헌앙히 집으로 돌아와 양친께 그 뜻을 말했습니다"라고도 적었거니와, 이는 걷잡을 수 없는 것, 먼 것에의 그리움, 찬란한 무지개를 쫓던 소년이 바야흐로 청소년기로 향하고 있는 표정에 지나지 않는다. 고아는 아니었지만 고아와 다름없는 이러한 혼의 방황에는 끊임없는 호기심과 미지를 향한 탐구심이 열려 있었다. 그는 가출했더라도 세계는 조금도 낯설지 않았으며, 어느 골목이나 추녀 밑을 헤매더라도 그것은 자기 집 안에 있는 것과 흡사했다. 낯선 것을 찾는 행위, 그

것이 어린 시절 임화의 가출 모티프였다.

영혼이 그 자체가 갈증의 형식으로 존재하고, 이 형식에 모든 것을 맡겨버린 소년의 앞길은 너무도 뚜렷하다. 그 어느 곳에도 안주하지 않는다는 것, 끊임없이 추구해간다는 것, 방황의 연속성이라는 것이다. 하이네의 서정시를 읽던 이 어린 영혼은 『개조』지를 읽고 크로포트킨의 아나키즘 근처를 지나 마르크스·엥겔스 옆을 지나가보기도 하는데, 이 것은 가출 모티프를 안고 있는 소년의 조숙성이 아니라 본질적인 성향이다. 소년은 여기에서 결코 멈추지 않는다. 끊임없이 달아나고 있는데, 다다이즘, 미래파, 민중극장, 그리고 영화로 대표되는 모더니즘으로 빠져들고, 마침내 그는 카프라는 조직 속에 침투해 들어갔다. 또 거기에 멈추지 않고 현해탄을 건너갔고, 제3전선파를 구축하여 조직에 열중했으며 귀국해서는 카프의 서기장이 되어, 계급혁명에 신명을 바쳐 뛰었고 또 전향했다. 이러한 연장 선상에 8·15해방이 오고, 그는 더욱 혁명에 열중하여 남로당 문화담당 총책으로 나아갔고, 마침내 정치적 죽음이 그의 삶을 중단시켰다.

임화의 이러한 행적은 조금도 정치적이거나 혁명적인 것이 아니라, 한 소년의 영혼의 갈증이 세속적인 여러 형태로 드러난 것에 지나지 않는다. 그가 카프 조직론에 열중하는 일, 전향하는 일, 남로당 혁명전략에 골몰하는 일이란 영혼의 갈증을 향한 질주의 형식인데, 이 형식의 특이함은 중단이 없다는 것과 공포감이 없다는 점이다. 이 가출 모티프가 제일 잘 나타나는 것은 물을 것도 없이 문학 쪽이다. 문학이란 순수한 상상력이며 따라서 실체가 없다. 그렇지만 이것만큼 확실한 것은 따로 없다. 상상력이란 그 생김새랄까 속성이 영혼과 가장 흡사한 것이기 때문이다.

전기적인 사실로 보면 그의 가출은 학교를 중퇴한 바로 그 해이거나 이듬해로 볼 수 있다. 임화 자신은 "서력으로 1926, 7년경이겠지요. 그 중에도 윤기정군은 집을 나와 가두에 방황하던 고독한 나에게"[4]라고 적고 있다. 이 무렵 그는 『매일신보』에 잡문을 여러 편 실었는데, 이 글들은 훗날 그가 비평가로 크게 활약할 실마리를 이루게 되는 것으로 주목된다. 무엇보다도 그 첫 번째 글이 「근대문학상에 나타난 연애」[5]이며 잇달아 「잡지문학의 해설」[6], 「문학사상의 2월 25일」[7], 「폴테스파의 선언」[8], 「근대문예 잡감」[9], 「위기에 임한 조선영화계」[10], 「환멸의 철인」[11] 등이 발표되었는데, 이러한 글들은 아직도 그 나름의 중심점을 가진 것이 아니고, 다만 청소년 수준의 독서체험을 정리한 것에 지나지 않았다. 사춘기적 수준을 넘어서 시대적 의미로서의 모더니즘적인 측면, 즉 전위예술 및 사상으로까지 나아가는 단계는 그의 「정신분석학을 기초로 한 계급문학의 비판」[12]이다. 임화에게 있어 계급사상이나 정신분석은 다만 새로운 사조, 전위적인 사상이라는 점에서 흥미를 끌었던 것이다. 마르크스주의도 전위주의(모더니즘)의 일종이었음은 새삼 말할 것도 없다. 이러한 정신 편향성이야말로 가출 모티프의 본질적 측면인 셈이다.

잡문의 단계적 변모와 엄밀한 대응 관계가 시의 전개 속에서도 발견된다. 첫 번째 씌어진 시는 「무엇 찾니」[13]이고 이어서 「서정소시」[14], 「향수」[15], 「설」(雪)[16], 「혁토」[17], 「초상」[18], 「선시」[19], 「혼광의 아들」[20] 등이 모두 성아(星兒)라는 필명으로 발표되었으며, 그가 임화라는 이름으로 비로소 시를 쓴 것은 「화가의 시」[21] 이후이다. 산문으로 쓴 글에서는 처음부터 임화로 일관했으나, 시에서는 성아로 시작했다가 임화로 바뀌게 되는데, 이는 그 자신이 어느 정도 사상적 통일을 갖추게 된 증거로 볼 수 있다.

죽은듯한 밤은 땅과 하늘에 가만히 멈췄고
음울한 대기는 갈사락 컴컴한
저문 날 끝에서 땅우를 헤매는데
소리없이 자취를 감추고 나리는 가는 비는
고요히 졸고 있는 나뭇잎에
구슬같은 눈물을 지워

어둔 밤에 헤매면서 우는
두견의 슬픈 눈물같이 울며 내려진다.
남모르게 홀로 뛰는 영혼아
이 어둔 비오는 밤에도 쉬지 않고 날뛰며
무엇을 너는 찾느냐?
　•「무엇 찾니」 전문

　임화의 이 시는 같은 지면에 발표된 동요와는 질적으로 다른 수준의 것으로 방황하는 영혼을 노래한 것이어서 세기말 사상을 드러낸 서구 상징파의 아류에 속하는 것이다. 동급생들이 '봄이와요 봄이와요' 따위의 수준으로 칭얼대고 있을 때 임화는 어두운 비오는 밤에서 쉬지 않고 날뛰는 자기 영혼의 방황을 문제 삼을 만큼 조숙했음에 틀림없다. 그러나 이러한 감상주의적 흉내내기는 오래가지 않는데, 그것이 벌써 낡은 형식이었기 때문이다. 모더니즘으로서 권위주의란 원칙적으로 새로운 것의 출현을 무엇보다도 존중하는 만큼, 세기말 사상에 지나지 않는 상징파의 시적 매력은 표현주의 예술의 출현 앞에 여지없이 밀려나게 마련인 것이다. 다다이즘의 등장이 그것이다. 임화는 고한승·권구현 등 다다이스트에 공감했는데, 그들이 다른 어느 것보다 전위주의적이었던 탓이다. 이 다다이즘이 아나키즘으로 나아가고, 다시 거기서 공산주의로 나아가는 과정에서 확인되는 것은 이들 모두가 전위주의적이고, 따라서 다른 어떤 것보다 새롭고 파괴적이었다는 사실이다. 그러나 임화만이 상징파에서 다다이즘으로, 다시 아나키즘을 거쳐 마르크스주의로 나아갔는데, 이 점이야말로 임화의 특징이라 할 것이다.

> 태양은
> 영원히 도망을 가고
> 가리(街里)에는 눈보라—
> 폭풍—
> 신의 이름이 적힌 표목(標木)은
> 순식간에 파묻혀져서
> 두 번 다시 볼 수는 없다.
> •「설」일부

과연 이러한 작품이 다다이즘적이라고 막바로 주장하기는 어려울지라도 이것이 앞에서 본 「무엇 찾니」에서 다룬 방황하는 영혼과는 뚜렷이 구분되는 것만은 확실하다. 왜 태양이 도망을 가고 거리는 폭풍이 불고 있는가. 신의 소멸이란 무엇인가. 어느 물음에 대해서도 이 시는 해답을 주지 않는다. 뿐만 아니라 어느 물음도 하나의 통일을 이루지 못하고 제멋

대로 떨어져 강렬성만 뿜고 있을 따름이어서 '무의미 그 자체'를 가리키는 다다이즘풍이라 부를 수 있을 것이다.

그런데 임화는 이 작품 끝에 '겨울'이라는 작은 표제를 달아놓아 인상적이다. 이 점으로 미루어보면 그는 겨울에 관한 일련의 시를 짓고 있었음을 알아낼 수 있고, 아마도 이런 현상은 그가 열심히 읽었다고 실토한 바 있는 하이네의 연작시 「겨울나그네」에 영향받은 것인지도 모른다. 가출하여 동가식서가숙하던 그의 방황이 겨울의 차디찬 계절을 인식한 탓이리라. 가령 「초상」에는 '날이 치운데'라는 표제가 끝에 붙어 있으며 「선시」에도 역시 '겨울'이 적혀 있다.

> 어엽부게도 아름답게도
> 그대의 얼골 우에다
> 칠하랴지 안습니다
> 오로지
> 이 나라 백성의 이마를 지내간
> 심줄같이
> 그렇게 굵은 줄로서
> 우리는 당신의 얼골을 그립니다.
> • 「초상」 일부

이 작품에서는 자기동일성이 상당히 확보되었음이 드러나는데, 그것은 초상의 대상이 쉽사리 떠오름에서 온 것이다. 화자가 "우리"로 되어 있고, 우리가 그리는 초상화란 "이 나라 백성의 이마를 지내간 심줄"로 그려야 하는 것인 만큼 그 대상은 분명하다. 치운날, 겨울, 언 천지 위에 그리는 초상이란 그 자체가 이 땅 위에 세워진 조국이 아닐 수 없다.

그리하야 나는 떠나가리라
지내간 모든 거룩한 꿈이나
기리던 거룩한 동안이나
광명을 싸간 어둠속에다
한가지 아울러 파묻어 두고
―(증오와 싸움이 나의 고단한 몸을 파악하는 나라로)
나는 길떠날 차림을 하노라.
•「선시」 일부

그러나―그것을 짐작이나마 할 사람은
오직 못나고 어리석으며
말한마디도 변변히 못내는
백납같은 입가지고 구지러한 백포(白布)를 두른 그림은
나의 나라의 비척어리는 사람의 무리가 있을 따름이다.

20

오오! 그러나

비록 그렇게 못생기고 빈충마진 친구일지라도 그것은
나의 동국인(同國人)이오 피와 고기를 나노인 혁토(赫土)
의 날근 주인이며―.

•「혁토」일부

이렇게 볼 때 우리는 세기말 사상으로 물든 상징파에서 출
발한 임화의 시작행위의 궤적을 또렷이 읽어낼 수 있다. 그
는 시인으로서의 자기정립을 꽤 치밀하게 구상했던 것이다.
1927년에 접어들면서 그는 상징파의 흉내를 버리고, 다다이
즘적 요령부득의 단계도 그 나름으로 해결하여 수용한 마당
에서 자기동일성의 확인단계에 들어왔다. '조선의 민중'을
자신과 동일시함으로써 그의 시는 새로운 숨구멍을 찾았고,
이를 두고 그는 「선시」라 불렀다. 그렇지만 그가 완전히 다
다이즘적인 취향을 떨쳐버린 것은 아니다. 실상 이것은 늘
새로운 것을 찾아 진전하는 가출 모티프의 운명이어서 임화
의 전생애를 통해 극복과제로 그의 혈액 속에 살아 있는 요
소였다.

다다이즘에서 카프로

잡문이라고 할 수 있는 임화의 초기 산문은 주로 총독부 기관지 『매일신보』에 실렸는데, 이는 이 신문이 3대 민간 신문(『조선일보』, 『동아일보』, 『중외일보』) 등에 비해 격이 떨어졌던 사실과 무관하지 않다. 시를 비롯한 산문(평론)이 『조선일보』 쪽으로 옮겨온 것은 1927년 이후이며, 이것은 그가 어느 정도 문사의 반열에 올라섰음을 의미한다.

「근대문학상에 나타난 연애」가 성아라는 필명으로 발표된 평론 가운데 가장 앞서는 것인데, '연애와 문예의 신·구'라는 부제가 보여주듯 셰익스피어 극의 연애와 입센 극의 연애가 가진 차이점을 드러내고자 한 것이다. 여기서 임화의 관심사항은 두 가지, 즉 연애를 문제 삼은 것과 근대문예를 근대극으로 생각한 점이다. 모던보이라든가 부랑아적 성격이 멋을 부리는 영역은 연애라고 할 수 있고, 또 한편으로 근대문예나 근대예술을 극이나 영화에서 찾고 있는 것은 그가 말하는 근대극이 시대적 유행성을 가리킨다는 사실을 보여준다. 모더니즘 지향성이란 이 시대적 유행성의 일종인 만큼 그가 근대극이라 했을 때는 응당 1920년대 초반을 지배하던 민중극장(로맹 롤랑)을 가리킨다. 임화의 이 최초의 평론이 근대문예를 연극에서 찾고 또 민중예술론을 펼쳤는데, 이것은 민중예술이 당시의 유행사조였음을 말해주는 것이지 그 이상의 뜻은 없다. 이러한 시대적 유행사조의 하나로 계급사상(문학)이 있었던 것이며, 따라서 계급사상 및 문학이 모더니즘의 최첨단으로 비쳤음은 새삼 말할 것도 없는 것이다. 계급문학이 전위운동의 일환인 까닭이다.

두 번째 평론인 「잡지문학의 해설」의 경우도 사정은 같다. 몰튼 교수의 구전문학에 착목하고, 또한 버나드 쇼의 '예술의 건재성'에서 주장한 찰나와 영원성의 조화이론에 힘입어 저널리즘을 옹호한 것이 이 글의 내용이다. 저널리즘의 중요성과 잡지 문화의 생리를 재빨리 포착한 임화의 재빠름은 모던보이적 기질이랄까, 도시 문제아의 생리적 리듬이기도 한 것이며, 또한 도시 하층민의 조건이기도 했던 것인데, 아카데미즘에 적대적인 이런 성향은 진학을 포기한 임화에게는 아주 마음 편한 것이기도 했다. 세 번째 평론인 「문학상의 2월 25일」도 이 연장선상에 놓여 있다.

「풀테쓰파의 선언」은 이탈리아의 미래파를 소개한 것인데, 「근대문예 잡감」과 더불어 임화의 파괴적이고 급진적인 사상적 편향을 보여준다는 점에서 주목된다. 임화는 미래파의 특징을 '무선택, 동적, 경과적'이라는 세 가지로 요약한다. 동적인 것이 공간에 대응되는 것이라면 경과적이란 시간에 대응된다. 이러한 인식 변혁을 두고 임화는 다이맨션(dimention)이라 하고, '제4의 점령'이라 규정한다. 제3의 점령이 공간 극복이라면 제4의 점령은 시간 극복을 가리킴인데, 미래파의 특징을 시간 점령에다 둔다는 것은 사고의 패러다임 변혁이라 할 것이다. 시간 극복이란 예술에서는 리듬 만능론, 문학신비설, 찰나적 인간형 등으로 설명되고 있음은 중요하지 않다. 중요한 것은 임화가 나아가고 있는 방향성이 종래의 것 일체를 부정·파괴해야 한다는 것에 놓여 있다는 사실이다. 이러한 주장의 연장선상에 「위기에 임한 조선영화계」가 놓여 있으며 여기서는 대중오락예술의 출현이 이야기된다.

성아라는 필명으로 발표된 임화의 초기 평론에서 주목되는 것은 모더니즘 편향성이다. 미래파의 세례를 통한 '제4의 점령'에까지 생각이 미쳤던 점이야말로 시에서 다다이즘 및 아나키즘에 관심을 드러낸 이유에 대한 설명이 된다. 진학용 교과서를 팔아서 조타모와 일본 사상 잡지를 사서 읽고 소년에서 어른의 세계로 껑충 뛰어 진입해온 이 도시적인 가출 아이이자 문제아인 임화는 미래파가 아니라 그 이상의 것도 수용할 태세가 되어 있었는데, 이는 그가 속이 허했던 증거이다. 교과서를 버린 임화에게는 아무런 방패가 없었다. 기댈 곳 없음을 특징으로 하는 가출 모티프는 근거 없는 것, 무지개 같은 것, '제4의 점령'을 향한 줄달음질이 있을 뿐인데, 그 때문에 임화는 그 누구보다도 파괴적이자 현실부정적일 수 있었다. 이러한 현상은 또한 또 다른 새로운 것, 보다 새로운 현상이 나타나면 여지없이 그곳으로 달려가는 현상을 낳을 것임은 당연한 일이다. 파괴와 부정의 정신은 조금도 쇠퇴할 줄 모르는 생명력이며, 이 생명력엔 중단이나 일시정지가 있을 수 없다. 가출 모티프의 본질은 이 부정의 정신 속에 있는 것이다. 예술의 혁명에서 사회라든가 정치의 혁명으로 재빠르게 방향을 바꾸는 것도 부정의 정신이 제일 잘 감당할 수 있는 생명력에서 말미암은 것이다.

임화가 자기동일성의 확보에 조금씩 노력을 기울이면서도 '제4의 점령'으로서의 다다이즘·미래파에 몸이 매여 있던 시기를 1927년을 전후한 기간으로 볼 수 있는데, 그것은 성아라는 필명에서 임화라는 필명으로의 교체기, 『매일신보』에서 『조선일보』로의 교체기에 대응되고 있어 흥미롭다. 여기서 한 발자국만 나아가면 계급사상으로 몸을 던지게 되는데, 그러므로 계급사상에 관한 것과, 다다이즘적인 것은 어느 시기까지 그의 문학에서 이중적으로 전개된다고 해도 이상할 것은 없다. '제4의 점령'을 향한 노력의 표현이거나, 그러한 내면풍경의 묘사인 까닭이다.

> 하아! 사십년동안에 최초로 한 실수는
> 저기압과 '페스트'라고 급사란 놈은 창박게서 웃엇다
> 쌕테리아 쌕테리아
> ─ 그 힘은 위대하다
> ─ 그 힘은 위대하다
> ○
> 일분간에 한 마리식 잡아삼키니
> 십육억분이면 ─ 시간환산은 성가시다
> ＝지구는 한(寒)이다
> ＝지구는 한(寒)이다
> '쌕테리아'는 지구를 포옹하고 홍소한다
> 크게 ─
> 크게 ─
> (그 우슴은 흑색사변형에 배류〔倍類〕로 증대한다)
> • 「지구와 쌕테리아」 일부

이 작품은 이상의 여러 가지 형태실험의 초기 모더니즘 작품과 비슷할 뿐만 아니라, 30년대 중반에 나온 김기림의 「기상도」(1936)의 어떤 부분을 연상케 한다. 그만큼 임화의 '제4의 점령'으로서의 부정 정신은 대단한 것이었다. 임화에게 있어서는 계급문학이나 마르크스주의라는 것도 그러한 점령의 일종이었다. 임화가 「정신분석학을 기초로 한 계급문학의 비판」을 쓴 것은, 계급문학을 긍정한 것인가 부정한 것인가에 관계없이 계급문학이라는 말을 비평제목으로 택한 최초의 글이지만, 그 용어 자체는 별다른 의미가 없다. 실상 이 평론은 임화의 초기 정신풍경을 보여주는 전형적인 사례로 간주할 수 있는데, 정신분석학을 '제4의 점령'의 더도덜도 아닌 것으로 파악한 까닭이다. 프로이트의 정신분석학을 두고 코페르니쿠스적인 인식의 혁명이라고 할 때, 임화가 이를 두고 가만히 있을 수 없음은 너무도 당연한 일이다. 새로움이란 그 자체가 선이요, 가치인 까닭이다.

현대와 같이, 억압, 착취로 헤일 수 없는 각양으로 받는 프롤레타리아의 당하는 박해는 그대로 스러질 이유가 없다. 반드시 그의 전반을 통해서 받는 막대한 심리적 상해는 계급적으로 혹은 개개적으로 상흔이 되어 여기저기 널려 있게 된 것이다. (……) 그들의 작품은 그렇게 몹시 받

은 수많은 억압의 폭발임으로 따라서 격렬하고 위험성을 띠우는 동시에 위대한 현실감을 가진 것이다.[22]

정신분석학이 개인의 심리학임은 잘 알려진 사실이지만, 임화는 이것을 집단의식의 일종으로 파악하여 막바로 억압된 무의식의 분량을 많이 가진 무산계급의 의식구조로 전용한 것이다. 이 평론에서 우리는 임화가 '제4의 점령'으로서 정신분석학을 바라보았음을 알 수 있고, 그것을 프롤레타리아의 집단의식으로 연결시킨 것은 부차적인 현상임을 알아낼 수 있다. 위에서 인용한 시를 짓기 수개월 전에 이 평론이 씌어진 점으로도 이 사실이 증명된다. 1926년 11월이라면, 염군사나 파스큘라(PASKULA)는 물론, 두 단체의 연합체인 카프(1925. 8)가 성립된 지 일 년 이상 지난 시점이다. 이 틈바구니에서 임화가 '제4의 점령'을 가지고 자기자리 찾기에 나선 것은 그가 문단적인 연결이 없었음을 증명하는 것이다. 거리의 부랑아적 자리에서 자기동일성을 확인하는 길이야말로 그에게는 중요했던 것이다.

「무산계급을 주제로 한 세계적 작가와 작품」[23], 「무산계급 문화의 장래와 문예작가의 행정」[24], 「무산계급을 전망한 상위한 3시야」[25]도 이와 마찬가지이다. 이 세 편은 '제4의 점령'의 막연함에서 어느 정도 자기확인으로 이동해가는 중간

지점으로 볼 수 있는데, 그것은 성아라는 필명에서 임화라는 필명으로 이동하는 것과 엄밀하게 대응하고 있다. 성아라는 필명으로 쓴 「무산계급을 주제로 한 세계적 작가와 작품」은 외국 또는 일본에서 소개된 초기 계급문학을 다룬 작품해설을 소개한 것이다. 그런데 이 평설은 물을 것도 없이 외국의 글을 번역한 것이며, 한갓 독서체험의 일종에 지나지 않는다. 더군다나 임화는 무려 일 년 전에 카프시인인 이상화가 이 글을 두 회에 걸쳐 「무산작가와 무산작품」[26]이라는 제목으로 발표한 바 있다는 사실을 전혀 몰랐다는 이야기가 된다. 이 사실을 통해 볼 때 우리는 임화가 조선의 문단 사정에 어두웠다는 것, 즉 국내에서 나온 잡지나 책에는 관심이 없었으며 오로지 일본 잡지 및 책에만 관심이 있었다는 것을 알 수 있다. 그에게 있어 계급문학이란 새로웠고, 파괴적이며 해체적인 것, 즉 다다이즘적이었던 것이다. 이 글 말미에 달린 주석에서 그가 'DA林DA'라는 필명을 썼다는 사실에서도 이를 알 수 있다.

「무산계급문화의 장래와 문예작가의 행정」에서 주목을 끄는 것은 임화가 무산계급문학을 신흥문학의 일종으로 보고 그것이 종래의 문학과 다른 점을, 문학적 문제를 사회문제로 확대시킨 점에서 찾고 있다는 것이다. 문학운동개념이 이에서 도출되며 문학이 선전이어야 한다는 논리도 여기서 이끌어낼 수 있다. 문학운동이 사회변혁운동의 일환이라는 것은 문학과 혁명의 등질성을 확인하는 길이기도 한 것인데, 이 지점이 다다이스트로서의 임화와 계급사상가로서의 임화의 갈림길이라 할 수 있다. 그가 다다이스트 성아에서 무산계급 문학자 임화로 옮겨가게 되는 것은 1927년에 들어서서이다.

「무산계급을 전망한 상위한 3시야」가 바로 그것인데 이 글은 임화라는 필명으로 발표되었다. 이 글은 단순한 소개의 글이지만, 소개의 글을 열심히 발표하는 과정에서 자신도 모르게 무산문예에 대한 확신에 이르게 되었다.

동지제군! 우리들에겐 이러한 훌륭한 선조와 역사가 있지 않은가! 그들은 장래의 우리들을 위하야 이렇게 고생하지 않았는가! 자아 어서 앞으로, 적은 총을 재이고 있네. 어서—동지제군! (1927. 2. 7)

이러한 외침은 흡사 이 무명의 가출한 문제아가 단숨에 카프의 지도자 같은 표정을 보여준 것이라 할 것이다. 임화가 카프에 가입한 시기는 확실하지 않지만, 아마 "동지제군! 자어서 앞으로"를 외치고 있을 때와 일치한다고 보아도 무리는 없을 것이다.

그동안 그는 2, 3의 신문에다 시와 감상문을 투고를 했습니다. 곧잘 발표되어 용기를 얻었습니다. 어느해 봄 그는 이상화라는 미목수려한 장발시인을 만날 기회를 가졌습니다. (……)

윤기정군을 만난 것은 그보다 좀 뒤였는데 그는 나의 학교친구로 그때 소설을 쓰는 조군과 친했습니다. 나는 그와 곧 친해지면서 예술동맹에 가입하는 것을 영예라고 생각했습니다. 이 단체 안에서 최서해·송영·김영팔·김복진·최승일·박팔양·이기영·안석영 등의 제씨를 알았습니다. 1926~27년 경이겠지요. 그 중에도 윤기정군은 집을 나와 노두에 방황하던 고독한 나에게 형같이 다정했고 회월은 좋은 스승이었습니다.[27]

이 대목에서 의미 있는 대목은 가출했다는 것과 세 사람의 카프맹원을 표나게 내세운 점이다. "장발의 미목수려한 이상화"를 보고 임화는 '조선의 발렌티노'를 꿈꾸고, 또 그러한 일을 해낸 영화의 주연배우 임화의 자화상을 거기서 본 것인데, 윤기정이 그것을 매개하는 인물이었다. 1927년 현재 윤기정은 카프 연극부 책임자였고 그의 주선으로 임화도 카프에 가담하게 된다. 영화를 두고 대중예술이자 오락이라 하고 "현대인으로서 영화를 모른다면 그보다 더 큰 무지는 없을 것"(「위기에 임한 조선영화계」)이라 한 임화에게는 당연한 일일지도 모른다.

카프 연극부가 만든 조선영화예술협회에서 만들어진 최초의 영화작품은 1928년 김유영과 김영팔에 의해 만들어진 「유랑」이었는데, 그 주연배우가 임화였다. 이 작품은 이종명의 소설 「유랑」을 김영팔이 각색하고 김유영이 감독한 것으로서 임화가 주역이고, 조경희 · 김장수 · 차남곤 · 강경희 · 추용호 · 김정대 등이 출연했다. 지주에 항거하는 무산계급 농민의 계급투쟁을 객관적으로 묘사한 것인데, 의욕에 비해 대중의 호응을 얻지 못해 흥행실패를 기록했다. 이를 계기로 조선영화협회라는 명칭을 버리고 경성키노(경성영화공장)라고 이름을 바꾼 다음 제2회 작품으로 내놓은 것이 1929년 1월에 나온 「혼가」(昏街)이며 여기서도 임화는 주연을 맡게 된다. 「혼가」는 조국회복을 위해 조국을 떠나 외국의 밤거리를 헤매고 있는 세 청년을 내세워, 그들의 포부와 삶과 고통을 그린 것이었다. 민족주의적이자 동시에 무산계급적인 것이었으나, 역시 의식 쪽이 앞섰던 만큼 대중적 오락의 수준에까지는 이르지 못하여 흥행 성공으로 이어지지 못했다. 그러나 이러한 카프 영화는 큰 영향력을 미쳐 「암로」, 「약혼」, 「화륜」으로 이어졌다.

「유랑」, 「혼가」의 주연배우 임화란 과연 무엇인가. 미목수려한 장발의 미남청년이 아니고는 이 물음에 대답할 수 없으며, 가출한 문제아이자 세련된 도시의 아이가 아니고는, 모던보이가 아니고는 이 물음에 잘 대답할 수 없다. 다다이스트, 미래파, '제4의 점령'에 대한 감각을 날카롭게 길러온 청년을 모르고는 이 물음에 대답하기 어렵다. 그러므로 1933년의 감각에 있어서도 카프서기장 임화의 이미지보다는 '조선의 발렌티노 임화'의 이미지가 사람들에겐 훨씬 친근한 것이었다.

어떤 실없는 사람이 씨를 코레아 바렌티노라고 별명을 지은만큼 서양서 온 미남자같은 미목수려의 청년시인이다. 어디나 그의 모습 중에서 도외인의 면영이 구김새없이 드러나지만 그의 창백한 혈색이라든지 그늘진 눈매가 도스토예프스키의 「죄와 벌」 중의 라스콜리니코프의 고민하던 그때에 면영을 연상케 하는 때도 있다. (……)
어찌보면 '모던 타입'이지만 또 어찌보면 그런 타입을 가졌기 때문에 씨는 남보다 앞을 빨리 보고 그러니 그는 그 자신의 사명을 먼저 깨달았다고도 볼 수 있다.[28]

이것은 「문단 메리고라운드」라는 만문만화 칼럼으로서 카프의 창립멤버였던 안석영의 인물평이다. 이 글이 씌어진 것이 1933년인데, 이 시점이라면 임화가 조선공산당협의회 사건에 연루되어 옥살이를 한 뒤 석방되어 병을 앓다가 겨우 회복되어가는 과정에 있었고, 여전히 카프 서기장 자리를 지키고 있는 때였다. 그러한 그를 '조선의 발렌티노'로 파악한 안석영이야말로 임화의 문제아적·가출아적·모던보이적 성격을 가장 잘 파악했다고 할 수 있다.

형같이 다정한 동창생 윤기정을 통해 활동사진 주연배우 노릇을 한 가출아이자 문제아인 임화는 '좋은 스승' 박영희를 만남으로써 거대한 조직체 카프와 마주치게 되었는데, 이 특이한 조직체야말로 자유분방한 야생마 임화에게 고삐를 채운 것이었고, 그 고삐를 통해 그는 좀더 확실하고 조직적인 자기동일성 확보로 가까스로 나아갈 수 있었다.

가출아 임화의 경성거리의 방황시대는, 깊이 따져보면 진정한 가정, 진정한 부모, 진정한 아비찾기의 과정이었다. 그것은 한편으로는 활동사진이었고, 다다이즘이었고 미래파였으며, 요컨대 관념으로서의 '제4의 점령'이었으며, 다른 한편으로는 아비찾기, 가정찾기로의 방황이었다. 그 길 한복판에 '카프'와 '박영희'가 놓여 있었다. 가출아 임화에겐 영락없이 '카프'와 '박영희'는 진짜 조직이고, 진짜 아비로 보였다. 그는 그 둘로 돌진했다. 한동안 그는 방황하지 않아도 되었는데, 대개 1927년에서 1929년 일본으로 유학가기 전까지의 3년간이 그 시기에 해당된다. 임화는 이 3년간 청소년기를 벗어나 어른의 수준으로 진입할 수 있었는데, 그 과정은 여전히 자유분방한 것이었다.

아비의 발견

임화가 카프 간부가 된 것은 1928년이었는데, 이는 박영
희를 '좋은 스승'으로 받든 결과였을 뿐 아니라, 연극·영
화·문학·철학 등의 독서체험으로 저돌적인 평필을 휘두른
결과이기도 했다. 임화가 카프조직체에 환영을 받고 쉽사리
간부가 될 수 있었던 것은 이 단체가 안고 있는 반체제적 성
격에서 말미암은 것이다.

1927년 임화의 내면풍경이 얼마나 풍요로웠는가 혹은 황
폐했는가를 알아보는 지표는 윤기정과 박영희이다. 가출아
에 있어 친구 윤기정은 수평적인 안정감을 가져다주었고, 스
승 박영희는 수직적인 안정감(가부장제)을 가져왔다. 이 두
안정감이 사이비 조직체 카프 속에서 합치되었던 만큼 그 한
가운데 놓인 임화는 어느 시기보다 안정감을 얻었던 것이다.
독서체험을 비교적 체계적으로, 또 많이 할 수 있었던 것도

이 시기였다. "연극 · 영화 · 예술 · 문학 · 철학 등 함부로 각색 서적을 난독하여 두뇌가 쓰레기통 같아졌습니다"[29]라고 스스로 말할 정도로 그는 일본어로 된 사상서적의 탐독에 빠졌다. 그 결과로 씌어진 것이 『조선일보』에 실은 4편의 논문이다.

「자본주의 사회에 재한 문학운동의 전개경향」[30]을 비롯 「분화와 전개 — 목적의식 문예론의 서론적 도입」[31], 「착각적 문예이론」[32], 「미술영역에 재한 주체이론의 확립」[33]으로 되어 있는 이 네 편의 평론은 카프 제1차 방향전환의 사정을 미리 감지한 임화적인 정치감각의 표현이자 정치감각의 성숙과정을 보여주는 것이어서 인상적이다.

한국 프롤레타리아 문예 운동에서 1927년이 차지하는 비중은 아무리 강조해도 지나치지 않는데, 이는 이 해에 내용-형식 논쟁을 계기로 카프가 제1차 방향전환을 시도하기 때문이다. 박영희는 레닌의 「당조직과 당문학」(1909)을 배경으로 하여 동지 김기진을 이원론자로 몰아세우며 목적의식론을 강조한다. 그는 문학이란 프롤레타리아의 공동대의의 일부분이 되어야 하며 전 노동계급의 정치의식화된 전위에 의해 가동되는 단일하고 거대한 사회민족주의적 기계장치의 '톱니바퀴와 나사'가 되어야 한다는 레닌의 말을 이어받아 형식을 강조하는 김기진을 비판하며 카프 주도권을 장악함과 동시에 방향전환을 주도한다.

푸로레타리아의 작품은 군의 말과 같이 독립된 건축물을 만들려는 것이 아니다. 푸로레타리아의 전문화가 한 건축물이라면 푸로레타리아의 예술은 그 구성물 중의 하나이니, 석가래도 될 수 있으며 (……) 군의 말과 같이 소설로서 완전한 건물을 만들 시기는 아직은 푸로문예에서는 시기상조한 공론이다. 따라서 푸로문예가 예술적 소설의 건축물을 만들기에만 노력한다면 그 작가는 푸로레타리아의 문화를 망각한 사람이니 그는 푸로작가가 아니다. 다만 그는 푸로생활 묘사가에 불과하다.[34]

이러한 박영희의 논법은 자기무식을 폭로하는 것에 불과했지만, 그럼에도 불구하고 1920년대 중반의 우리 사회에서 시기적절한 효용성을 가졌다. 이 논쟁으로 말미암아 박영희는 단연 카프 내의 강경파이자 이론적 지도자로 자리를 군히게 되었으며 초기 강경파이던 김기진을 압도하기에 이른 것이다.

이러한 주도권의 역전관계야말로 임화에겐 중요했는데, 곧 '좋은 스승'과의 만남을 한층 공고히 할 수 있었기 때문이다.

임화는 본래 신경향파에 따라오던 문학청년이 아니고 당시 세계적으로 퍼지던 다다이즘을 좇아가던 시쓰는 청년이었는데 1925(1926년의 착오—인용자)년부터 박영희를 좋아하면서 그를 따라다니다가 푸로예맹이 조직된 뒤에는 한동안 박의 집에서 먹고자고 하고 있었다.[35]

내용—형식 논쟁이 가부장적 부의식에 굶주린 임화의 내면풍경 속에 선명히 부각되었고 동시에 그것이 카프라는 유례없이 견고해 보이는 조직체에 막바로 연결될 수 있었다. 임화는 박영희에게서 '좋은 스승', 곧 '부의식'을 보았고, 그것은 카프라는 가부장적이고 견고한 조직체와 등가를 이루었다. 아비를 찾아 헤매던 가출아 임화에겐 이제야말로 아비를 찾았고, 그 아비의 견고한 성채를 발견한 것이다. 아비를 찾은 아들은 무엇인가. 아비의 견고한 성을 발견했을 때 아들은 어떤 행동을 할 수 있는가. 아비를 찾았고 그 아비의 견고한 성을 발견한 아들의 표정은 어떠한가. 적어도 1927년을 앞뒤로 한 임화의 내면풍경에는 '좋은 스승' 박영희는 그가 못내 찾아 헤매던 정신적인 아비였고, 카프는 그 아비가 살고 있는 견고한 성채로 오롯한 원광을 썼다. 당의 문학을 외치며, 레닌의 이론으로 무장한 아비 박영희야말로 불패의 무기를 지닌 헤라클레스이자 아폴로였다. 가출아의 방황은 이

제 끝난 것이다. 적어도 어느 단계 내에서는 끝난 것이다. 만일 이 아비가 진짜 아비이고, 카프가 진짜 조직체라면 아들의 방황은 정녕 끝날 수밖에 없을 것이다. 훗날 이 아비가 사이비 아비였고 '나쁜 스승'이었음이 판명되고, 견고한 성채로 보였던 카프 조직체가 기껏해야 사이비 조직체에 지나지 못함을 발견하게 되지만, 그 이전까지는 이 가출아의 방황은 어느 정도 정지상태에 놓이게 된다. 1927년부터 그가 일본 유학으로 나아간 1929년까지는 아직 그러한 단계라 볼 수 있다.

돈 키호테는 중세의 기사 아미다스를, 기독교인은 기독을, 아들은 아비를 모방한다.[36] 가출아 임화는 막바로 초월적·수직적 욕망 달성을 할 수 없었다. 그런 것은 낭만적 허위에 지나지 않았다. 좋은 스승이자 아비, 그가 거처하는 조직체를 매개로 하여 임화는 자기가 목적하는 바(욕망)를 달성해야 했다. 1927년 단계에서 임화에게는 박영희야말로 강력한 아비였는데, 그것은 김기진을 일격에 넘어뜨린 용사였기 때문이며, 그 싸움은 '내용-형식 논쟁'이었고 그 논문은 「투쟁기에 있는 문예 비평가의 태도」였고, 그 싸움을 승리로 이끈 비장무기는 레닌의 「당조직과 당문학」이었다. 아들 임화는 이 아비를 모방해야 했는데, 그 첫 번째의 것이 「자본주의 사회에 재한 문학운동의 전개경향」이다.

이 평론은 제목이 잘 말해주듯 '문학운동'의 개념을 도입하고 있다. 문학운동이란 현재가 투쟁기, 즉 혁명전기임을 전제로 한 것인데, 따라서 문학운동도 투쟁기라는 과도기적 현상에 지나지 않으며 투쟁기의 성격에 따라 운동방법이 결정된다. 아비 박영희의 평론의 연장선상에 아들 임화의 목소리가 이어져 있는 것이다. 문학운동 개념이 과도기적 현상이고 그 현상의 과학적 해부 위에 성립되는 것, 즉 전략적 개념에 해당된다는 말은 곧 자연발생 단계에서 목적의식기로 넘어감을 가리킴이다. 임화는 이처럼 문학운동 개념을 파악함으로써 카프가 안고 있는 주요 과제를 문제 삼을 줄 알았는데, 이는 바로 그가 박영희의 성채 속으로 들어간 덕분이다. 아비 박영희가 김기진과의 논쟁에서 격렬히 싸웠고, 성패가 어느 쪽으로 났다는 것을 옆에서 지켜본 임화로서는 당연한 일이 아닐 수 없다.

내용-형식 논쟁은 카프가 견고한 성채이며 공산당의 초기 형태의 조직성을 처음으로 겉으로 내보인 사건이었고, 이를 계기로 하여 조직체 카프는 자연발생적인 단계를 벗어나 목적의식으로 방향전환을 한다. 임화는 박영희 옆에서 이 사실을 누구보다 민감히 파악했으며, 나아가 방향전환으로의 구체적 방안에 대한 낌새까지도 알아차리고 있는데, 그것이 바로 「분화와 전개—목적의식 문예론에 서론적 도입」이다.

1927년 4월 18일에 동숭동 우거에서 쓰고 6회에 걸쳐 발표된 이 평론은 지금까지 쓴 그의 어떤 글보다도 본격적이고 논리정연할 뿐만 아니라, 야심작에 해당되는 것이다. 이 평론 한편으로 말미암아 임화는 카프 조직체의 중요한 인물로 부상하게 되는데, 그것은 조직이론에 대한 집요한 추구가 문학운동개념보다 한층 중요함을 새삼 확인시켜주는 것이기도 하다.

이 평론은 계급 문예운동에서 '분화'가 요청되며 그 분화의 일차적 대상이 되는 부류로 아나키즘을 지적하고 있다. 1926년 『매일신보』 지상을 통해 다다이즘, 미래파 및 폴텍스를 소개하던 임화는 이 시점에서 그러한 것들을 아나키즘이라는 명목으로 몰아 송두리째 부정하게 된다.

그러나 중요한 것은 이렇게 재빠르고 가벼운 도시적 부랑아 기질을 담뿍 지닌 임화의 변신에 있는 것이 아니라, 이러한 변신을 가져오게 한 원동력에 있는 것이다. 말을 바꾸면 이토록 놀라운 임화의 자기발전과 성장은 너무나도 마음 가난한 소년의 지적 욕구에서 온 것인데, 그 욕구를 채워준 것은 일본의 사상계 및 문단이었다.

나는 쉽사리 이 단체의 충실한 일원이 될 수 있었습니다. 동경서 오는 이 계통의 잡지를 매월 읽고 그 중에서도

마르치네의 시와 三好十郎, 森山啓의 시, 中野重治의 평론을 열독했습니다.[37]

일본문단의 현상은 반동경향의 일체 중에서 가장 강한 것은 '아나'인 것이다 그리고 반동과 분화에 대한 대부분의 토의가 '아나'를 상대로 하여 행한 것이다.[38]

다다이즘이나 미래파에 빠져들어 정신을 못차릴 적에도 일본문단의 압도적인 영향 아래 있었고, 그 연장선상에서 카프의 목적 의식론이 있었을 따름이다. 임화에게 이보다 확실한 것은 달리 없다. 그가 아무리 공산주의자가 된다 하고, 주체성 재건을 위해 맹진한다 해도 일본것의 '이식사'로 우리 문학사를 규정하는 것만은 부정할 수 없었는데, 이 사실은 그의 성장사가 증명하는 것이자, 공산주의 이론 자체의 이식사가 증명하는 것이다. 이 연장선상에서, 즉 일본 도쿄에서 오는 잡지들의 보증하에 그는 김화산 등의 아나키스트들을 격파하는 논리를 구사할 수 있었던 것이다.

아나키즘을 부정하고 계급운동의 '분화'를 주장하는 임화가 이른 결론은 다음과 같은 것이었다.

분화 이후에, 즉 이 공동전선이 붕괴된 후에 우리의 진영은 전부가 단순한 목적의식적 비약을 강조하는 모든 선구적 능력을 가져 공산주의의 투쟁적 인테리겐차로 성립된 완전한 무산계급의 문예전선이 될 것이고 거기에서 벌써 무산계급으로서의 미적 완성의 추구를 할 것이라고 또한 나는 믿는 바이다. 즉 이 분화작용은 진영으로 하여금 의식적인 이데올로기를 소지하고 있는 직능적 예술운동의 전야(戰野)를 전개하려고 하는 사적 필연의 현상이요, 또 인위적 진출이 된다는 것이다. 그러므로 우리의 낳는 작품이 비본격적이고 포스터적이오 선전적이라도 하등의 관계가 없다.[39)]

이 결론에서 주목되는 것은 다음 두 가지 사항이다. 첫째, '분화'란 카프진영 속의 이질분자를 분리해낸다는 것이며, 둘째는 분리해내는 원리 혹은 기준은 순정한 마르크스주의라는 점이다. 순정한 마르크스주의란 계급의식의 투철한 이데올로기를 지칭하는 것이며, 그렇게 규정한 결과 문학예술 따위는 조금도 중요치 않거나 이차적인 것이 된다. 심지어는 "작품이 포스터적이오 선적적이라도 하등의 관계가 없다"라고까지 이야기되는 것이다. 이는 "현단계에서는 계급주의 소설은 완전한 건축물 되기를 요구하지 않는다"라고 외친 박영희의 목소리를 새삼 확인하게 될 뿐만 아니라, 멀리 도쿄에서 들려오는 일본 프롤레타리아 문예연맹의 후쿠모토주의를 연상하게 된다.

'분화와 전개'는 당시 일본 프롤레타리아 문예연맹(1926. 12 결성)의 공식 입장이었다. 초기 일본 마르크스주의는 자연발생적 수준으로 아나키즘의 요소가 크게 작용하고 있었고 야마카와 히토시(山川均)의 조합주의적 경제투쟁이 주도하고 있었다. 그러나 후쿠모토 가즈오(福本和夫)가 독일에서 마르크스주의를 배워와 전무산계급의 정치투쟁을 주장하고 이 이론(일본에서는 후쿠모토주의라 부른다)이 공산주의 운동을 석권함으로써 일본 공산주의 운동은 급격한 방향전환을 경험한다. 그러한 방향전환이 문예 방면에 적용된 것이 일본 프롤레타리아 문예연맹의 결성이었다. 일본 공산당의 방향전환에 민감히 반응한 것이 카프임은 새삼 말할 것도 없다. 그리고 뒤늦게 아비를 찾아 끼어든 가출아 임화야말로 아비보다 한층 날카로운 후각과 날랜 손과 관념에 대한 강인한 능력으로 이 과제에 끼어든 것이었다. 그 첫 번째 시도가 「분화와 전개」였고, 그것은 후쿠모토주의만을 철저히 신봉한 결과로 나온 것이었다면 그 2탄은 김화산 등의 아나키스트와 카프 맹원 간의 논쟁이 벌어졌을 때 임화가 「착각적 문예이론」이라는 글을 통해 이에 개입하는 형태로 드러났다.

가출아이자 문제아 임화는 이 두 논문을 씀으로써 소년에서 성큼 청년으로 진입했고, 박영희의 직계 아들이 됨으로써 가출아의 처지에서 벗어나 당당한 부자관계를 수립했는데, 이를 두고 그는 '주체적 이론'이라 불렀다. 이로부터 임화의 방황은 일단락되는데, 그것은 문학·예술하기란 운동개념의 일종이라는 것, 또 그것은 '현단계'를 항상 고려함으로써만 가능하다는 것(변증법)에다 중심점을 두었기 때문에 가능한 것이다. 그러니까 그는 끊임없이 변증법적으로 발전해가는 도상에다 '안정감의 중심점'을 두었다. 개념적 추상적 원칙론이란 임화에게는 아무런 관련이 없다. 바로 이 변증법 유물론의 원칙, 단계적으로 발전해가는 것 자체 속에 온몸을 두는 삶의 방식이야말로 임화적인 삶의 특징이다. 유동하는 운동 속에 '주체성을 두는 일', 그러니까 '주체성 재건'이야말로 그의 삶을 지탱하는 힘이었다. 단계적으로 변하는 운동개념 속에 자기를 놓는다는 것은 '모순' 속에 자기를 놓는다는 뜻이다. 그 '모순'을 극복하기 위해서는 지난날의 이론과 미래의 이론 속에 자기를 둔다는 뜻이며 그것은 실천으로써만 가능한 것이다. 1930년대 '물논쟁'(1933) 이래 김남천과 10여 년간 논쟁을 벌이며 버텨온 것도 이 '주체성 재건' 이론이었다.

가출아 임화는 1927년에 와서야 비로소 중심점을 찾아냈는데, 이 중심점은 한갓 가출아의 방황을 잠재운 것에 의미가 있는 것이 아니라, 가출아를 역사 속으로 몰아넣어, 격렬히 자기 균형감각 회복(주체성 재건)을 감행케 한 것에도 있었다. 그 때문에 우리 근대문학사 및 사상사는 그만큼 풍요로워졌을 뿐만 아니라 폭과 깊이가 더없이 깊고 넓어졌던 것이다.

아비의 무기를 들고

1927년의 가출아 임화는 이미 가출아가 아니었다. 그에게는 강력한 아비가 있었고 그 아비가 장악하고 있는 견고한 성채가 있었기 때문이다. 그 성채 속에서 아들은 아비를 존경하며 모방할 수 있었는데, 그 행위 속에서 아들은 비로소 어느 수준에서의 안정감을 얻어낸 것이다. 아비 박영희가 후쿠모토주의로 무장하고 있는 만큼 아들도 그 무기를 분양받아, 아비의 적과 맞서 싸우는 단계가 시작된다. 「문화와 전개」가 그 첫 사업이었고, 아나키즘과의 싸움이 아들의 두 번째 출전이었다.

아비의 무기를 들고 아들이 세 번째 출전을 나간 것은 '예술대중화 논쟁'에서이다. 이미 박영희와의 '내용-형식논쟁'에서 패배를 맛본 김기진은 자신의 주장을 굽힌 것이 아니라, 그것을 가슴속에 감추고 있었다. 그것이 표면화된 것이

'예술대중화 논쟁'이었다. 김기진은 '작품으로서의 문학'의 입장을 고수하였고, 이를 되살리는 방법이 바로 침체 속에 놓인 카프를 되살리는 길이라 믿었다. 그 방법은 「대중소설론」[40]에 제시되어 있는데, 이 글에서 그는 프로 문학이 무엇을 써야 하는가를 묻고, (1)제재를 노동자 농민의 일상견문의 범위에서 취할 것, (2)물질생활의 불공평과 제도의 불합리로 생기는 비극을 주요 요소로 하되 그 원인을 인식케 할 것, (3)미신과 노예적 정신, 숙명론적 사상을 버리고 희망과 용기를 북돋울 것, (4)신구사상의 대립으로 인한 가정 풍파를 그리되 신사상이 승리케 할 것, (5)빈부갈등을 그리되 정의의 승리로 할 것, (6)연애를 다루되 정사장면을 피할 것 등을 열거했고, 어떻게 쓸 것인가에 대해서는 (1)문장을 쉽게 할 것, (2)문장을 짧게 할 것, (3)운문적일 것, (4)문장을 화려하게 할 것, (5)묘사와 설명이 간단할 것, (6)성격묘사보다 심리묘사와 사건의 기복을 뚜렷이 할 것, (7)객관적·현실적이며 구체적인 변증적 태도를 취할 것 등을 내세웠다. 이를 요약하면 『구운몽』, 『춘향전』 같은 육전소설을 써야 하는 것이 된다.

　김기진의 이러한 상식 이하의 대중·통속 소설론은 이에 멈추지 않고 시가쪽으로 여지없이 번져나갔다. 「프로시가의 대중화」[41], 「단편서사시의 길로」[42]가 그것이다. 프로시가가 대중에 섭취되지 못한 이유는 그들에게 시를 가져다 보여주지 못하였고, 쉽게 쓰거나 입맛을 맞추지 못했기 때문이라고 김기진이 주장했는데, 이 중 후자는 시인 자신에게 잘못이 있다는 것이다. 김기진의 이러한 주장은 「네거리의 순이」, 「우리 오빠와 화로」 등 임화의 구체적인 작품이 있었기 때문에 그 나름의 뜻을 획득했던 것이다. 그는 임화의 시를 '단편서사시'라고 부르며 그 요건을 첫째 그 소재가 '사건적·소설적'일 것, 둘째 문장이 소설같이 둔해서는 안 되지만 심하게 '연마조탁하여 아로새길 필요'까지는 없다는 점을 제시한다.

단편서사시의 길을 유일한 현상 타개책으로 김기진이 제시하였고 또 그것은 그 나름의 문학사적 의의를 갖는 것이지만, 두 가지 이유로 그 한계점이 노출되었다. 하나는 그것이 임화 한 사람에 멈추고 다른 시인에게 확산되지 못한 점, 다른 하나는 임화 자신이 안고 있는 혁명적 성격과의 갈등에서 오는 한계점. 혁명성이란 원래 과격하고, 또 구호적이자 선동적이고 또한 압축적·열정적인 것인데, 단편이긴 하나 서사시적인 것으로 나아갈 땐 혁명성이 어느새 사라지게 마련이었다. 임화 자신은 이러한 감상주의적 단계를 벗어나야 했기에 자기비판은 불가피한 상태였다. 그는 「네거리의 순이」(1929. 1)를 쓴 지 1년 반 만에 다음과 같이 자기 비판을 하지 않으면 안 되었다.

   필자의 2, 3의 시의 소부분의 사실성은 감상주의 비××
적 현실의 예술화로 전화되고 만 것이다.
   먼저 말한 경향, 즉 연인과 누이를 무조건적으로 ×××
를 만들어 자기의 소시민적 흥분에 공(供)하며 ××적 사
실, 진실한 생활상이 없는 곳에서 동지를 부활 그 자신 훌
륭한 일개의 낭만적 개념을 형성하고 만 것이다.[43]

   임화의 이러한 자기비판의 요점은 「우리 오빠와 화로」가
사실주의적인 경향을 대표하는 것으로 그 나름의 의의는 인
정되나, 한갓 소시민적인 감상주의의 범주에서 벗어나지 못
했다는 것에 있다. 따라서 「우리 오빠와 화로」 같은 작품이
"소시민층, 주로 학생 지식자, 청년들의 가슴을 흔들었을지
모르나 노동자와 투사에게는 남의 것이고 낯설은 손님에 지
나지 않음"을 문제 삼는 것이다. 김기진이 「우리 오빠와 화
로」를 내세워 단편서사시라 우기고 카프 문학 대중화의 최대
성과라고 흥분하고 있을 때 정작 임화는 김기진의 사이비 투
쟁성, 다르게는 '작품으로서의 문학'을 정면으로 공격하기에
이른 것이다. 임화와 김기진의 논쟁은, 그러니까 '운동으로
서의 문학' 대 '작품으로서의 문학'의 싸움인 셈이었다. 그렇

지만 좀더 그 내면풍경을 들여다보면, 이 싸움은 박영희가 해야 될 것을 그 아들 임화가 대신 나선 격이다.

임화가 김기진 공격으로 나선 것은 「탁류에 항하야」[44]에 서였다. 예술대중론에는 염상섭·양주동 등 민족주의 쪽에 선 문인들의 것과 김기진의 것이 있는데, 전자는 외부적인 도전이고 후자는 내부적인 도전이었다. 임화는 이 둘을 묶어 '반동적 탁류'라 규정하였다. 그러나 실상 임화가 이 글을 쓴 의도는 김기진의 '원칙적인 오류'를 지적·비판함에 있었다.

맑시스트는 역사를 추진시키는 세력과 세력의 투쟁에서 자기세력을 합리화시키는 것은 최대의 오류이고 대중적 기만 그것인 것이다. (……) 우리는 이러한 국면에서 이러한 자기진영 내의 우경적 경향과 사력을 다하여 싸워야 할 것이다.[45]

이것은 결론이자 본론이어서 그 이상 논의의 여지가 없는 형국이다. 임화는 마르크스주의자가 어떠한 것이며, 어째서 김기진의 주장이 우익적 경향인가를 논리적으로 말하거나 해부하지 않고 무턱대고 '결정적인 최대의 오류'라고 말했을 뿐이다. 그러니까 이것은 평론이나 비평이 아니고 단죄에 지나지 않는데 이러한 몽둥이식의 단죄를 감행케 한 배후세력이 카프조직체, 곧 박영희였음은 새삼 말할 것도 없다.

1929년 임화는 「네거리의 순이」, 「우리 오빠와 화로」 등으로 카프 시가의 획기적인 시인으로 부상했다. 카프 문학의 대중화론 속에서 이 시가들은 이의 없이 대환영을 받았던 것이다. 그러나 그는 끊임없이 자기갱신을 감행했는데, 김기진과의 논쟁은 시인에서 비평가로 나아간 자기변신이었다. 가출아인 그는 아비찾기에 골몰하였고 그 목표를 향해 돌진해 갔던 것이고 그러한 목표찾기는 '제4의 점령'으로서의 다다이즘, 미래파일 경우도 있었고, 영화예술일 수도 있었고, 「네거리의 순이」일 수도 있었고, 또한 후쿠모토주의일 수도 있었으며, 다른 한편으로는 그것이 박영희라는 구체적 인간과 그 인간이 살고 있는 견고한 카프라는 성채일 수도 있었다.

그러나 그 아들은 어느 날 아비가 사이비 아비인지 모른다는 의혹을 품게 되는데, 그 시기는 1927년 여름이었다. 아비가 가짜 아비인지 모른다는 의혹이 아비의 성채인 카프가 가짜 조직체가 아닌가 하는 의심을 낳음은 자연스런 일이다. 아비의 가짜스러움, 사이비 조직체로서의 카프의 존재를 간파한 것은 도쿄에서 온 '제3전선'파를 목도한 직후이며 이 순간부터 임화는 제2차 가출을 감행하지 않으면 안 되었다. 이 제2차 가출이란 제1차 가출의 그것보다 훨씬 복잡하고 또한 확실한 것이었으며, 또한 그 자신의 운명의 얼굴과 마주치는 것이기도 했는데, 바로 현해탄 저 너머에 그것이 있었기 때문이다. 그러나 이것은 물을 것도 없이 '가출아의 운명'이라 하지 않을 수 없다. 말을 바꾸면 운명의 얼굴을 지닌 문인이 임화였다. 그렇기 때문에 그가 박영희를 버리고 이북만을 찾아나선 것, 카프 경성본부를 헌신짝처럼 버리고 현해탄을 건너 카프 도쿄지부로 달려간 것은 '가출아의 운명'에 순종한 일에 다름 아닌 것이다. 진짜 아비를 찾는 일, 그 진짜 아비가 있는 견고한 성채를 찾아 나서는 일은 너무도 당연한 일이다.

카프의 도쿄지부인 제3전선파는 카프의 제1차 방향전환이 완결됨과 동시에 모습을 드러냈다. 임화의 눈에 비친 제3전선파는 아비 박영희를 사이비 아비로 둔갑시킬 만큼 강력한 힘을 가지고 있었다. 우선 카프의 제1차 방향전환을 주도한 것이 박영희가 아니었다는 사실이다. 도쿄에서 활동하던 김복진은 ML당 사건에 연루되어 옥살이를 하게 되는데, 이로 인해 1927년 여름 제3전선파가 경성에서 큰 활동을 하게 되게끔 분위기가 형성된다. 뿐만 아니라 박영희를 승리케 하고, 후쿠모토주의를 카프 속으로 이끌어들인 진짜 실력자는 바로 김복진이었다. 임화가 이 사실을 언제 알아차렸는가는 불분명하나 적어도 1928년쯤이 아니었던가 추측된다. 아비 박영희가 실상 사이비 아비였고 그 아비의 성채인 카프가 사이비 조직체였음을 알아차렸을 때 가출아 임화는 몸 둘 곳을 잃는다. 진짜 아비, 진짜 성곽을 찾아 제2의 가출이 감행되지 않을 수 없는데, 그것이 1929년 가을의 도쿄행으로 나타났던 것이다. 또한 도쿄에 카프지부가 만들어지고 거기서 카프의 진짜 기관지를 처음 냈다는 점이 카프를 사이비 조직체로 만들기에 충분한 조건이었다. 『문예운동』(1926)이 2호까지 조선에서 나왔으나 이를 카프 기관지라고 공식적으로 표지에 적을 수가 없었을 뿐 아니라, 내용 역시 조직의 기관지 성격이 못 되었다. 몇몇 작품을 모아놓은 것에 지나지 않았기 때문이었다. 도쿄에서 잡지를 내는 일은 국내에서보다 훨씬 쉬웠기 때문에 국내의 원고를 모아서 도쿄에서 출간하기로 한 것이고, 그것이 『예술운동』 창간호였다. 그러니까 도쿄지부가 곧바로 카프의 본부 몫을 한 것인데, 이것은 순전히 방편상의 일이었으나, 결과적으로나 실질적으로 이 순간부터 국내의 카프본부는 사이비 조직체로 전락한 것이다. 사이비 아비와 그 아비의 성채 안에 머물던 임화에게 있어 제3전선파의 경성 방문으로 인한 사상적 충격은 참으로 큰 것이어서 그로서는 자기해체의 위기를 맞게 된다.

영화배우 임화

가출아 임화에게 있어 1927년은 제1차 자기 동일성 확인을 가능케 한 점에서 의의 있는 일 년이라 할 것이다. 후쿠모 토주의에 대한 그 나름의 이해가 일단 그로 하여금 그것을 가능케 했는데, 이는 역설적인 의미마저 가지고 있다. 도쿄에서 들어오는 저널리즘이 그로 하여금 가출케 하고 모더니즘에 흠뻑 젖게 하여 그를 혼미·방황케 만들어 거리를 헤매는 모던보이로 변신케 했지만 동시에 그것은 또 자기 자신을 찾아주는 또는 자기 자신을 조금씩 형성시켜가는 계기를 만들어주었다.

1927년의 시점에서 임화는 시인이었고, 영화·연극인이었으며 평론가였다. 시인으로서 영화인으로서 평론가로서의 몫을 한꺼번에 시도한 것이 바로 1927년이었으며, 이 세 영역을 상당한 수준에서 통일해 보인 것이 바로 이 해였던 것이며, 그 이후 오래도록 그는 이 벅찬 세 가지 분야를 통해 자기를 전개해나가게 된다. 이 점에서 임화는 시·소설·평론을 단계적으로 전개한 박영희·김기진과 닮았다. 그러나 박영희·김기진은 시에서 평론·소설로 나아갔거나 평론·소설을 동시에 전개하다가 마침내 평론으로 매진한 데 비해 임화는 시와 평론 및 영화를 동시에 전개했으며, 시와 평론의 경우, 단계적 전개가 아니라 동시적 전개이자 무엇보다 양쪽 다 최고의 수준이었다는 점에서 두 사람과는 구분 지을 수 있다.

이러한 장르의 통합적 전개현상은 임화가 속한 20년대의 특징으로 볼 수 있다. 소설이나 시·평론 등 전문영역이 갈리고 전문성이 인정되는 문단적 현상이 확립된 것은 1930년대 중반 이후로 볼 것이다. 전문성의 인식은 말할 것도 없이 저널리즘의 발달과 관련된 것이며, 또 그것은 자본주의적 분업화 과정의 필연적 소산이어서 그 나름의 의미를 갖고 있다. 말을 바꾸면 이러한 문학상의 전문성에 대한 인식의 보편화는 그만큼 마르크스주의적 세력권의 약화를 가리키는 것이다. 이런 점에서 보면 30년대에 들어와서도 임화가 시인으로 활동하면서 맹렬하게 비평행위를 감행해온 것, 김남천이 이론전개를 조금도 늦추지 않으면서도 수많은 소설을 써온 것은 특별한 의미를 갖는다 할 것이다.

1928년은 임화에게는 영화의 해라 할 수 있다. 그는 시를 쓸 틈이 없었고 평론을 쓸 틈은 더욱이나 없었다. 「효용을 위한 문학」[46], 「신건설 도정에 오르는 1928년의 문단」[47] 같은 앙케이트나 「서화협전의 진로─제8회전을 보고」[48], 「토월회 제57회 공연을 보고」[49] 등을 겨우 남겨놓고 있다.

스크린에 비친 임화의 표정은 과연 어떠했던가. 필름이 남아 있지 않은 이 마당에 이 물음을 만족시킬 만한 대답을 내놓기란 어려운 형편이긴 하나, 그 분위기 정도는 어느 정도 드러내 보일 수 있다.

1928년 음력 설의 개봉을 겨냥하여 조선영화예술협회가 「유랑」 촬영에 들어간 것은 그해 양력 1월이었다. "충분한 자신과 완전한 설비를 가지고 지난 8일에 남한산성으로 로케이슌을 출발한 조선영화예술협회에서는 그간 30여 명 회원이 야화(野火)를 놓고 맹렬한 추위와 깊은 눈과 싸우며 착착 진행중인데 늦어도 음력 정월경에는 경성에서 개봉되리라더라"[50]라는 기사와 함께 촬영중의 한 장면이 사진으로 소개되어 있고, 이 달 22일 『조선일보』에는 '촬영중의 유랑 불일 개봉'이란 제목 아래 '문사와 절대가인의 출연'이라는 소제목을 붙여놓았다. 각색 김영팔, 감독 김유영, 촬영 한창애, 출연 임화·조경희·서광제·동진·추용호인데, 원작은 이종명이라 되어 있다.

그동안 복잡한 문제로 촬영중이었던 '일히테'를 내어던지고 불시에 이종명씨의 원작 「유랑」을 새로이 촬영중이던 바 불일래로 시내 상설관에 개봉되리라는데 더욱이 출연자는 전부가 상당히 모양을 받은 사람뿐이고 그 위에 상급 문단에서 이름을 떨치고 있는 이도 있으며……[51]

이러한 기사와 함께 임화가 남자 주연급임을 지적하고 있다. 여배우로 뽑힌 조경희는 동덕여자 고등보통학교 3년 중퇴의 학력을 가지고 있으며, 영화 「옥녀」(1927)에도 출연한 바 있는 촉망되는 신인이었다. 1928년까지 조선에서 만들어진 영화는 총 40여 편인데 그 수준이 별로 내세울 것이 못 되었다. 그 이유는 여러 가지가 있겠지만, 그중에서도 여배우 확보가 결정적이었다. "가정사정과 사회의 불이해로 지금까지 스크린에 나타난 몇몇 여배우를 중심으로 지금까지의 영화 다수가 제작되었다"[52]라고 지적된 바 있거니와, 1928년을 고비로 하여 차츰 여배우 지망생이 늘어갔고, 그러한 경향을 대표하는 것이 조경희였다.

당초 예상과는 달리 「유랑」은 음력 설날에 개봉되지 못하고 4월 초하루에 비로소 단성사에서 개봉되었는데, 촬영에 그만큼 어려운 점이 많았기 때문이다.

작품 「유랑」은 이종명의 원작인데, 이는 당시 유행하던 이른바 '영화소설'의 일종이다. 이러한 형식은 소설가와 삽화가의 합작 형식으로 된 것이며 미리 촬영을 전제로 한 것이기도 하다. 「유랑」은 '영화예술협회 촬영중'이라는 표시와 함께 『중외일보』(1928. 1. 5~28)에 연재된 작품이다. 노심선이 컷을 그렸으며 다음과 같은 줄거리를 가지고 있다.

영진은 10년 만에 고향을 찾아왔는데, 옛 집은 없어지고 집안은 살지 못해 북간도로 이민간 뒤였다. 영진은 순이네 집에 머물며 친구 상호와 함께 야학을 개설, 한글을 가르쳤다. 한편 이 마을에 돈 있는 박춘식이는 영진으로부터 모욕을 당한 터라, 야학에 힘쓰고 있는 영진을 노리고 있다. 순이와 영진은 서로 사랑하는 사이가 되고, 한편 박춘식은 순이네가 400원을 빚진 사실을 알고, 순이를 서씨라는 돈 많은 집 병신자식에게 시집보내라고 강권한다. 장면이 변하여 야학교 문앞에서 영진은 방황한다. 시집 갈지도 모르는 순이의 환상에 영진은 괴로워한다. 한편 순이집에서는 박춘식이 순이를 겁탈하려 달려들었지만 사력을 다한 순이의 발악으로 실패하고 만다. 순이는 서씨집으로 시집가기로 결정되었는데, 혼인 전날 밤 채경 앞에서 영진의 성난 환상을 보고 괴로워한다. 순이는 죽기로 결심하고 집을 나와 산성 밑으로 향한다. 눈 쌓인 길이다. 희미한 달빛이 비치고 있다. 순이가 죽기 직전, 순이를 붙드는 손이 있었다. 거기에는 뜻하지 않게 영진이 서 있었다. 두 사람은 감격적으로 포옹을 하고 영진은 일장 연설을 한다. 그렇게 죽을 결심을 했다면 그 굳은 결심으로 세상에서 악착같이 싸워 이겨야 한다고. 순이는 서씨집 하인놈 박춘식이 자기를 욕보이려 했음을 말한다. 영진은 한순간 분함을 참지 못하다가 참고 굳게 살자고 다짐한다. 혼인날이 다가왔다. 신부를 잃어버린 신랑집에서는 대소동이 일어났다. 박춘식은 장정 둘을 앞세워 순이 집안을 모조리 뒤지나 아무도 없다. 길을 떠난 것이다. 춘식 일행은 순이 일행을 찾아 나선다. 외딴 시골길에서 두 일행이 마주쳤고, 입씨름이 벌어졌다. 마지막 대목은 다음과 같다.

한쪽에서 필사의 힘을 다하여 대항하고 있던 영진이도 워낙 상대자가 여럿인 만큼 차차 지쳐오기 시작했다. 그는 다리가 눈우에 미끄러지어 수없이 넘어졌다. 그의 입에서는 검붉은 피가 턱으로 넘쳐흐르고 옷은 서너 군데나 찢어졌다. 그의 형세는 차차 위태해오기 시작했다.[53]

주인공 영진역을 임화가, 순이역을 조경희가 맡았는데, 영화 자체는 사회주의적 색채가 강한 만큼 대중의 공감을 받지 못했다.[54] 이 영화는 지주와 농민의 계급투쟁이라고 하기에도 어색하고, 객관적 묘사라고 할 수도 없다. 혹시 시나리오를 쓴 김영팔이 원작을 크게 개작했는지 알 길이 없으나, 원작을 그대로 승인한다면 영화 「유랑」은 수준작이라 보기 어렵다.

홍행에 실패한 카프계 영화인들의 충격이 컸으리라는 사실은 능히 짐작할 수 있는 일이다. 그들은 조선영화예술협의회란 명칭을 버리고 경성키노라 간판을 바꾸어 두 번째 작품으로 「혼가」에 착수했다.

일찍이 영화소설 「유랑」을 제작했던 조선영화예술협회는 그 이름을 경성키노 경성영화공장이라 고치고 그 첫 작품으로 혼가 즉 '어둠의 거리'라는 신감각적 작품을 제작하려고 그간 준비에 분망이든바 금명간 곧 촬영에 착수하리라는데 감독은 김유영씨이며 주연 역시 동 영화의 주연이던 임화군과 미모의 신진 여배우 한 사람과 추용호 군 외에 순전한 신인을 사용하여 이 작품을 맨든 것이 또한 특징이라는데 새로운 기운을 가진 신청년인 남녀제씨를 기다린다더라.[55]

5월 중순부터 촬영에 들어간 「혼가」는 영등포 일대에서 로케이션을 한 것으로 6월 하순에 개봉을 겨냥한 것이다. 필름과 대본이 없어 내용을 알아내기 어려우나 대략의 줄거리는 아래 기록에서 어느 정도 엿볼 수 있다.

그동안 영등포 등지로 감독 김유영씨 이하 30여명의 촬영대가 사하라 사막같은 열사위에 내리쪼이는 폭양을 무릅쓰고 천막을 이리저리 옮겨가며 촬영을 계속하다가 수일전에 그 로케슌만은 마치고 경성으로 돌아왔다는데 이 영화의 그 간단한 줄거리는 지금부터 육칠년전에 이 세상에서 가장 위대한 사람들이 되려고 고향을 떠나던 조선의 세 젊은 사람의 걸어온 발자취는 조선의 한 귀퉁이를 넉넉히 엿볼 수 있다. 그들의 운명 아니 조선의 현실을 이 영화로써 말하고자 하였다 하며 출연배우는 「유랑」에서 성공한 임화군과 바보역으로 성공한 추용호군을 위시하여 신진여우 이영희양 외 특히 「아리랑」, 「풍운아」 등에 출연하였던 남궁운군이 특별출연한다 하더라.[56]

이러한 기사와 함께 마차를 탄 채 낮을 크게 휘두르고 있는 영화장면 한 컷을 싣고 있다. 「혼가」의 줄거리를 이로 짐작해보면 전작인 「유랑」보다는 공감대가 훨씬 넓었던 것으로 추측된다. 민족의 문제가 제시되어 있는 것처럼 보이기 때문이다. 윤기정은 이 영화를 다음과 같이 평가하고 있다.

이 영화는 김철군의 원작으로 된 것인데, 이 작품 역시 원작으로 실패했었다고 아니할 수 없다. 「혼가」에 있어서 원작으로 실패한 세 가지 원인이 있으니 하나는 중심사상, 다시 말하면 작품전체에 흐르는 굵다란 줄거리가 없는 것이요, 둘째는 너무나 산만해서 통일성을 잃어버린 것이요, 셋째는 중요인물의 성격이 잘 나타나지 못하여 실감을 주지 못한 것이다. 이 작품에서 취할 것이라고는 오직 의식(義植)의 과거 생활 묘사뿐이다.

(……)

임화군의 화장은 완전히 실패하였다. 뜨거운 태양을 쏘이고 다니는 마부의 얼굴로서는 너무나 희다. 이번 실패는 자기의 역을 생각지 않고 미남자로만 나타내고자 하는 것이 그 원인이 된 것이다. 또한 동작에 있어서도 선이 너무나 가늘고 표정도 심각한 곳이 없다.[57]

이처럼 22세의 청년 임화는 두 편의 영화에 출연하여 약 2년의 세월을 탕진했는데, 그가 미남자였다는 것, 얼굴이 너무나 희었고, 인텔리 유형이어서, 강한 성격배우 축에 들 수 없었다는 사실이 조금 드러난 셈이다. 그렇지만 가출아이고 문제아인 임화가 제7예술이라 불리는 가장 현대적인 예술인 영화에 주역으로 활동했다는 사실은 그의 전생애에 깊은 흔

적을 남기게 된다. 1940년대 암흑기에도 그는 이 영화가 뿜어내는 '제4의 점령'으로서의 매력에 이끌렸던 것이다. 그러나 계속 영화에 머물기엔 임화의 재질이 다른 곳에 너무 빛났다. 영화란 긴 세월을 요하는 예술이다. 종합예술이라고 불리듯 거기에는 일사분란한 조직체가 이루어내는 통일성·전체성이 강렬하게 작용하고 있는 곳이다. 한 개인의 재능만으로 성패를 결정지을 수 없는 곳인 만큼 단순한 미남자라든가 약간의 배우 소질만으로는 거대한 영화예술 속에서 살아남을 수 없다. 이러한 판단이 섰을 때 임화는 시인으로 자신을 세우게 된다.

그러나 이러한 실패에도 불구하고 당시 임화가 영화에 지녔던 열정이랄까 편향성은 쉽사리 극복된 것은 아니었다. 훗날 일제 말기에도 그는 영화에 대한 애착을 여지없이 드러냈기 때문이다. 그의 개인적 재능이 또다시 어떤 한계점에 부딪쳤다고 판단되었을 때, 그의 앞에는 영화의 세계가 다가왔다. 1940년 8월에서 1942년 12월까지 고려 영화사 문예부 촉탁으로 일했던 사실이 이를 잘 말해준다. 문예부 촉탁이란 시나리오의 손질을 맡은 부서로 볼 것이다.

1942년이라면 일제강점기의 말기에 해당한다. 이 무렵 총독부는 서양 영화 수입을 제한 내지 중단하는 정책을 폈는데, 조선인 영화사들은 일본인 영화사와 합작하여 생존을 도

모했다. 이창용이 설립한 고려 영화사도 그러한 방식을 취했다. 당시 영화사로는 조선영화주식회사 · 고려영화협회 · 한영영화사 등 아홉 개였는데, 이 가운데에서도 최남주 · 이창용 · 오영석 등이 중심인물이었다. 광산업으로 돈을 모은 영화인 최남주의 출자로 임화가 출판사인 학예사를 경영하여 많은 문예물을 펴냈고, 자신의 평론집 『문학의 논리』(1940)를 찍어낸 것도 영화와 간접적 관련을 가지고 있다. 또한 군국 선전영화 「너와 나」(조선군 보도국 제작)의 대본에 관여했으며, '조선영화문화연구'(1943~44)에도 관여한 것으로 되어 있다. 일제 말기라는 막힌 사회적 여건 속에서 그 앞에 나타난 것이 바로 영화예술이었으며, 배우가 아닌 30대 중반의 시인 임화는 「조선영화론」[58]을 쓰는 이론가, 역사가로 변신했던 셈이다.

누이 콤플렉스

'제4의 점령'으로써 문학과 예술 세계에 들어온 임화였던 만큼 그에 있어 문학예술이란 그 자체가 '제4의 점령'이기도 한 것이었다. 특히 시와 영화에서 그러했다. 이것은 일종의 낯설음이랄까 이화작용과 같은 것이어서 그 자체를 신선한 충격으로 받아들일 수 있었다. 카프라는 조직도, 후쿠모토주의라는 것도 이러한 관념의 낯설음, 그러니까 '제4의 점령'의 일종이었다. 이것을 어떻게 극복할 것인가에 임화의 내적인 방향전환이 필요했고 그 해답이 「우리 오빠와 화로」였다. '제4의 점령'에 해당되는 것은 이 작품에서 극복되었는데, 구체적으로 그것은 누이 콤플렉스(sister complex)로 나타났다.

(1) "사랑하는 우리 오빠 어저께 그만 그렇게 위하시던 오빠의 거북무늬 질화로가 깨어졌어요."

(2) "저는요 잘 알았어요, 오빠."

(3) "이렇게 세상의 누이동생과 아우는 건강히 오늘날마다를 싸움에서 보냅니다."

형태상의 낯설음은 두 가지 점에서 지적될 수 있다. 하나는 화자가 누이로 설정된 점이고, 다른 하나는 '셔요'체로 된 점이다. 임화가 경성 태생임을 보여주는 시적 현장이 '셔요'체인데, 이는 여자의 어투이자 동시에 남자에게도 사용된다. 경성 어투를 시에 끌어넣었다는 것은 임화가 시인으로서의 천분·자질을 가지고 있음을 새삼 말해주는 것인데, 그것은 시가 지닌 언어의 본질적 측면에 닿았음을 가리킨다. 즉 몸 가벼운 중산층 출신의 언어감각을 저도 모르게 살려냄으로써 공허한 '제4의 점령'을 혈육화된 것으로 대체시킨 것이다. 그러나 '제4의 점령'의 대체는 '누이 콤플렉스'의 등장으로 좀더 확실해진다.

「우리 오빠와 화로」의 시적 상황은 누이의 시각으로 일관되어 있다. 연초공장직공으로 있던 오빠가 노동투쟁으로 감옥에 간 뒤에 어린 남동생과 집을 지키며, 편지봉투 만들기로 생계를 유지하면서 오빠에게 보내는 편지형식, 혹은 오빠를 향한 고백형식을 취하고 있는 이 시적 상황에서 결정적인 것은 오빠에 대한 누이의 애정이다. 그 애정은 동기간의 애정이자 노동청년에 대한 애정이기도 하다. 그런데 여기서 눈

여겨 보아야 할 것은 그 동기간이 부모 없는 남매들로 구성되었다는 점이다. 가정에서 부모가 없다는 시적 설정은 임화의 내면풍경에 깊게 관련된 것, 즉 가출 모티프와 관련된다.

모친이 죽고, 가출했다는 것, 아버지에게 알리지도 않고 도일했다는 것 등은 훗날 그의 회고록에서 드러난 사실이다. 그렇다고 그에게 누이나 동생이 있었다는 것도 아니다. 그렇지만, 누이 동생 위에 오직 혼자 힘으로 군림하는 오빠의 자리에다 시인 자신을 올려놓음으로써 시적인 상황, 그러니까 가장 알맞은 마음의 균형감각을 놓았다는 것은 시인의 감각이 얼마나 여성적인가를 새삼 말해주는 것이라 할 것이다. 이 여성적 편향성이야말로 누이 콤플렉스의 본질이다.[59] 남성 우위의 사상라든가, 우쭐대는 남성적인 히로익한 성향이란 낭만주의의 속성이거니와, 이는 영웅숭배 사상의 다른 형태이다.

가족이나 가부장제적 유제에서 탈출하는 일은 임화에겐 가능한 일이었다. 그러나 이 무제한으로 주어진 자유는 그를 투사로 나아가게도 했지만 동시에 끝없는 외로움으로도 나아가게 만들었다. 이 순간 그는 기묘한 삶의 균형감각을 획득할 수 있었는데, 그것이 곧 시인의 탄생이었다. 끊임없는 외로움의 경사를 따라 내려오는 길목에 거북무늬의 질화로가 놓여 있었고, 누이와 동생이 가난과 어둠 속에서 눈을 반

짝이며 떨고 있었다. 영웅이자 투사인 사나이는 시인이 될 수밖에 도리가 없었다. 외로움을 지탱하는 것이 투사이자 영웅의 몫이었으며, 투사이자 영웅을 지탱해주는 것은 누이였던 것이다. 이 누이 콤플렉스야말로 임화시의 원점이다. 누이 콤플렉스를 만들어낸 것이 투사이자 영웅의 존재였던 것이며 영웅이자 투사가 결국 시인을 만들어낸 것인데, 그 시인의 목소리가 누이의 목소리임은 바로 이 까닭이다. 임화에게 있어 누이란 물론 실재하는 것이 아니고, 내면풍경 속에서만 보이는 심리적 경사의 일종에 지나지 않는다. 영웅이자 투사에 대한 지향성이 강하면 강할수록 그에 비례하여 누이에 대한 형언할 수 없는 그리움이 고조된다. 시적인 환상은 일층 고조되어 흡사 누이가 옆에서 다정히 부르는 목소리를 듣는 황홀경에 빠지게 된다. 누이는 어느 틈에, 그냥 여성인 '순이'로 변질되거나 비내리는 요코하마 부두에 우산쓰고 달려와 이국청년의 떠남을 안타까워하는 일본 처녀로 둔갑한다. 그리고 그 경사진 내면풍경의 끝에는, 헤어진 딸 '혜란'이 놓이게 된다(「너 어느 곳에 있느냐」).

"너 어느 곳에 있느냐"고 외쳐대는 시인의 내면풍경은 이처럼 전생애를 두고 환청과 환각을 낳게 만들었다. 이 목소리를 듣는 한 그는 시인이었다. 영웅에의 열망에 비례하여 누이에 대한 환각은 고조되었기 때문이다. 영웅에의 열망이 평생을 지속한다면 그는 평생 시인이고, 최고인 시인일 터이다. 이는 운명적인 사실이어서 임화도 결코 이 운명에서 벗어날 수 없다. 운명의 주박에서 벗어날 수 없는 한 그는 시인이어야 했다. 이 점에서 보면 시집 『현해탄』(1938)은 일종의 타협적 성격을 띤 것이다. 영웅에 대한 열망, 투사에 대한 의지가 그만큼 쇠약해졌거나 유연해졌을 때 씌어진 것이었기 때문에 거기에 놓인 누이 콤플렉스란 상당히 약하게 남아 있을 뿐이다. 그 대신 거기에는 지적인 것과 낭만적 열정이 '현해탄'이라는 매개체를 통해 이중화되지 않을 수 없었다. 바로 이것이 유명한 '현해탄 콤플렉스'를 이루게 된다.[60]

네가 지금 간다면, 어디를 간단 말이냐?

그러면, 내 사랑하는 젊은 동무,

너, 내 사랑하는 오직 하나뿐인 누이동생 순이, 너의 사랑하는 그 귀중한 사내,

근로하는 모든 여자의 연인……

그 청년인 용감한 사내가 어디서 온단 말이냐?

눈바람 찬 불쌍한 도시 종로 복판에 순이야!

너와 나는 지나간 꽃피는 봄에 사랑하는 한 어머니를

눈물 나는 가난 속에서 여의였지!

그리하여 이 믿지 못할 얼굴 하얀 오빠를 염려하고, 오
빠는 가냘픈 너를 근심하는,

서글프고 가난한 그 날 속에서도,

순이야, 너는 마음을 맡길 믿음성 있는 이곳 청년을 가
졌었고,

내 사랑하는 동무는 ……

청년의 연인 근로하는 여자, 너를 가졌었다.

겨울날 찬 눈보라가 유리창에 우는 아픈 그 시절,

기계 소리에 말려 흩어지는 우리들의 참새 너희들의 콧
노래와

언 눈길을 걷는 발자욱 소리와 더불어 가슴 속으로 스며
드는

청년과 너의 따뜻한 귓속 다정한 웃음으로

우리들의 청춘은 참말로 꽃다왔고,

언 밤이 주림보다도 쓰리게

가난한 청춘을 울리는 날,

어머니가 되어 우리를 따뜻한 품속에서 안아주던 것은

오직 하나 거리에서 만나, 거리에서 헤어지며,

골목 뒤에서 중얼대고 일터에서 충성되던

꺼질 줄 모르는 청춘의 정열 그것이었다.

비할 데 없는 괴로움 가운데서도
얼마나 큰 즐거움이 우리의 머리 위에 빛났더냐?

그러나 이 가장 귀중한 너 나의 사이에서
한 청년은 대체 어디로 갔느냐?
어찌 된 일이냐?
순이야, 이것은 ······
너도 잘 알고 나도 잘 아는 멀쩡한 사실이 아니냐?
보아라! 어느 누가 참말로 도적놈이냐?
이 눈물 나는 가난한 젊은 날이 가진
불쌍한 즐거움을 노리는 마음하고,
그 조그만, 참말로 풍선보다 엷은 숨을 안 깨치려는 간
지런 마음하고,
말하여 보아라, 이곳에 가득 찬 고마운 젊은이들아!

순이야, 누이야!
근로하는 청년, 용감한 사내의 연인아!
생각해보아라, 오늘은 네 귀중한 청년인 용감한 사내가
젊은 날을 부지런한 일에 보내던 그 여윈 손가락으로
지금은 굳은 벽돌담에다 달력을 그리겠구나!
또 이거 봐라, 어서.

이 사내도 네 커다란 오빠를 ……

남은 것이라고는 때묻은 넥타이 하나뿐이 아니냐!

오오, 눈보라는 '튜럭'처럼 길거리를 휘몰아간다.

자 좋다, 바로 종로 네거리가 예 아니냐!

어서 너와 나는 번개처럼 두 손을 잡고,

내일을 위하여 저 골목으로 들어가자.

네 사내를 위하여,

또 근로하는 모든 여자의 연인을 위하여 ……

이것이 너와 나의 행복된 청춘이 아니냐?

• 「네거리의 순이」[61] 전문

「네거리의 순이」의 시적 상황이 「우리 오빠와 화로」와 대
칭관계를 이룬다는 점은 일목요연한 일이지만, 누이 콤플렉
스를 원점으로 지니면서도 여성으로서의 애인 개념이 그 속
에 정착되어 있음 또한 손쉽게 지적해낼 수가 있다. 이 때문
에 「우리 오빠와 화로」보다 「네거리의 순이」쪽이 좀더 일반
적이고 전진적이라 할 수 있다. 센티멘털리즘의 작용이 현저
히 약화된 점이 이를 뒷받침하는 것이며, 또 그 때문에 이 작
품의 사상적 견고성이 보증된 셈이다. 이러한 견고성과 원형
적 거점은 뒷날 순이계열의 시를 임화가 지속적으로 썼다는

것에서도 확인된다. 곧 누이인 순이에서, 근로청년의 애인 개념, 또 어머니 개념, 요코하마의 이방처녀의 개념이기도 했고, 마침내 딸 혜란의 개념으로도 변형되는 것이었다. 이 점에서 보면「네거리의 순이」의 원형성은 임화에게 있어 영원히 여성적인 것(괴테,『파우스트』)이라 할 것이다.

「우리 오빠와 화로」에서 가족단위는 부모 없는 가정의 삼 남매로 구성되어 있으며, 그중 가장격인 오빠가 노동투사로 옥에 갇힌 것이며, 그 오빠의 이념을 받드는 누이와 어린 동생의 의지를 그린 것이다.「네거리의 순이」에서의 가족단위는 이와 근본적으로 다르지 않지만, 다만 행위자와 작중화자가 다를 뿐이다. 이 시에서 순이 애인인 그 사나이는 오빠처럼 직접적으로 드러나지 못하고 오빠의 목소리를 통해서만 드러난다. 그 애인이 피로써 감옥 벽돌담에 달력을 그린다든가, 추운 밤이면 가느다란 그 다리가 피아노줄같이 떨리는 것은 오직 화자인 오빠의 목소리에 지나지 않는다. 화자인 오빠가 지식인이자 시인인 임화 자신을 가리킴은 "얼굴 하얀 오빠"라든가 "피아노줄 같이"라는 비유에서도 어느 정도 드러나지만, 무엇보다도 "너와 나는 지나간 꽃피는 봄에 사랑하는 한 어머니를 눈물나는 가난속에서 여의었지!"에서 새삼 뚜렷해진다. 임화의 내면풍경 속에는 부(父) 개념이 없다. 부재하는 부를 찾아 헤매는 과정이야말로 임화의 삶을 지탱하는 원동력이었다. 그것이 다다이즘으로, '제4의 점령'으로, 후쿠모토주의로, 카프로 이어졌다. 이처럼 '아비찾기'의 과정이 권력의지의 표현이라면, '어미찾기'는 누이 콤플렉스를 가리킨다. 여성 편향성에는 남성숭배사상이 파시즘으로 기울어짐을 막을 수 있거나 적어도 그것에 맞서는 그 무엇이 있다. 임화도 또한 누이 지향성으로 말미암아 영웅지향성, 권력의지로서의 카프조직체로의 편향성이 중화·조정될 수 있었고, 그 때문에 그는 나름대로의, 그러니까 가장 중요한 균형감각을 확보할 수 있었다.

누이 콤플렉스가 임화 생애에서 주기적으로 분출해 올라온 것은 임화 생애의 위기를 가리킴이다. 그런데 그 위기가 실상 한국 정신사의 위기와 일치한다는 점이야말로 임화가 문제적 인물임을 단적으로 보여주는 사례라 할 것이다. 누이 콤플렉스의 분출은 1929년도, 1930년대 중반, 해방공간, 6·25 등 네 시기였다. 영웅 숭배사상에 대한 절망과 그것에 대한 형언할 수 없는 그리움으로 온몸이 불타오른 시기가 바로 위의 네 시기였기 때문이다. 말을 바꾸면 누이 콤플렉스의 분출현상은 임화의 위기의식의 표지물이며, 그의 파탄을 구출할 가장 확실한 방도였던 것이다.

「우리 오빠와 화로」를 발표한 지 두 달 뒤에 임화는 「어머니!」[62]를 발표했다. 이 작품의 제목에 느낌표가 붙어 있는 것은 조금도 이상한 일이 아니다. 이 작품은 앞의 두 작품과 구성이나 내용이나 어조가 조금도 다르지 않다.

그러나 어머니!
우리들의 사랑하는 세상의 어머니!
그렇게 자식을 염려하고 조심하는 그 속에서
사랑하는 젊은 자식들을 또다시 이런 서러운 어머니와 아들을
두 번 또 뒤세상에 안 남기기 위하여
귀중한 늙은 어머니의 사랑도 근심을 만들며 청춘의 날을 불나는 ××에서 보내고 있는 것이라우
그리하여 이 세상의 가장 거룩하고 위대한 즐거움을 어머니 가슴에 안겨 드리리다
어머니! 참 나는 따라가리다
어머니가 생전에 그렇게 귀여워하든 옥순이가
이제는 불쌍하게도 혼자서 울고만 있을 집으로 가겠수
그렇지만 어머니! 나는 그 대신
있는 집 계집애 같이 고운 옷 한 벌 못 입어본 그 불쌍한 옥순의 사나이를 죽이고
금이나 옥 같이 여기는 젊은 귀한 아들 내 동무를 없앤
이 원통하고 분한 사실을 내 코에서 김이 날 때까지 잊

지를 않겠어

　어머니! 걱정말우 나는 안 잊어버릴테야!
　그러구 어머니!
　내일부터는 불쌍한 옥순이하고 내가
　혼자남은 순봉의 어머니의 아들과 딸이 되어 이 목숨을
×××××××리리다
　어머니! 나는 가우 잘 잇수
　•「어머니!」 일부

　이 시의 작중화자는 아들이다. 이 속의 시적 상황은 「네거리의 순이」나 「우리 오빠와 화로」보다 한층 시인 자신의 내면풍경을 직접적으로 드러내고 있다. 여기의 어머니는 이승의 어머니가 아니다. 언젠가 "그해 봄"에 "나"의 어머니는 키 큰 아들인 "나"와 옥순이라는 누이를 남겨둔 채 죽었다. 그 어머니를 향해 아들인 "나"가 말을 걸고 있는 이러한 시적 상황은 일종의 허구적 설정이지만 동시에 임화에겐 특별한 의미가 있다. 곧 19세에 가정 파탄을 겪고 두 해 뒤에 어머니를 여읜 가출아 임화의 내면풍경이 드러나기 때문이다. 이러한 발견이 이 시를 이해하는 데에 가장 중요한 대목이다. 가장 아쉽고 그리운 대상을 가운데 놓고, 이야기를 나눈다는 것은 한편으로는 유아기적 사고의 소치여서 감상주의적인 것이지만, 다른 한편으로 보면 순수한 감정이라 할 것이다.

「네거리의 순이」에서 작중화자는 부모 없는 누이를 가진 근로투사인 오빠였으며 「우리 오빠와 화로」에서는 근로투사인 오빠를 가진 누이였으며, 「어머니!」에서는 다시 오빠인 "나"로 되어 있지만 이 중에 공통된 것은 누이의 애인이 오빠의 동지라는 점이다. 누이에게 애인이 있다는 것, 그 애인은 오빠인 "나"와 동지라는 점은 중요한 것인데, 이것은 곧 임화를 평생 지탱했던 한쪽 기둥에 해당된다. 아비찾기로 표상되는 임화의 권력에의 의지는 정치적인 지향성으로서의 카프 조직체에 연결된 것이다. 이 길을 따라 나오면 그 끝엔 추악하나 강력한 의지의 표상인 악의 화신과도 같은 아비상이 놓여 있다. 아들은 끊임없이 이 아비상에 도전했던 것이다. 한편 도전적이고 저돌적인 권력에의 의지를 견제하고, 조정한 것이 누이 · 애인 · 어머니에의 지향성이다. 아들은 어머니의 혼백을 불러내고 그 목소리 속에 자신의 열정을 용해시키고자 했다. 그 아들은 오빠가 되어 누이 앞에서 목소리로 변하고 있었다. 그 아들은 누이가 되어 오빠 앞에서 목소리로 용해되어 있었다. 카프 조직체로 격렬하게 달려가는 행위는 일종의 센티멘털리즘이 끼어들기 마련이었다. 격렬함이 그 증거이다. 이에 대응되는 누이의 목소리화 역시 센티멘털리즘이 끼어들기 마련이었다. 대칭적 구조물이었고, 이 대칭적 구조야말로 임화의 내면풍경의 원점이었다. 그리고 이 누이 콤플렉스는 카프조직체에의 의지가 좌절될 때 한없는 위로감을 그에게 안겨다주는 것이기도 했다. 카프 조직체로 향한 권력의지가 좌절되어 마음 붙일 곳 없을 때 그를 쓰다듬어주는 어머니의 손길 같은 것이기도 했다.

이를 보여주는 가장 확실한 사건이 실제로 임화를 기다리고 있었는데, 이것이야말로 누이 콤플렉스가 임화의 전생에 걸쳐 얼마나 절실한 것이었는가를 증명하는 것이다. 즉 이북만의 누이 이귀례와의 만남과 그녀와의 결혼이 바로 그것이다.

임화가 일본으로 유학간 것은 1929년 가을이었다. 그는 거기서 진짜 아비 이북만을 만날 수 있었다. 임화의 아비찾기의 길목에서 먼저 만난 아비는 박영희와 카프 조직체라는 성채였다. 그러나 아비 박영희와 그 성채가 사이비 아비이자 성채였음을 임화가 어렴풋이 알아차린 것은 『예술운동』 창간호가 경성에 도착한 1927년 겨울이었다. 바야흐로 카프 경성본부가 도쿄지부에 의해 자리바꿈을 할 기세였고, 카프의 총두목 박영희가 한갓 무명인 도쿄지부의 이론 분자 이북만의 이론에 못미친 형편이었다. 박영희를 아비로 받아들여

우러러보던 임화조차도 이러한 낌새를 알아차릴 만큼 사태는 분명한 것이었다. 영리한 임화가 이런 낌새를 알아차리지 못했을 이치가 없다. 영리한 아들이 진짜 아비찾기로 나감은 당연한 일이다. 이 점에서 임화의 도쿄행은 필연적이었다. 도쿄에서 그는 진짜 아비 이북만을 발견하였다. 이북만은 『예술운동』을 지배하고, 김두용과 함께 『무산자』를 간행하고 있었고, 도쿄에서 공산당의 핵심분자로 군림하고 있었다.

충청도 천안의 빈농 출신인 이북만은 공립상업학교를 나와 도일, 당세포조직을 가지고 어린 누이동생과 함께 도쿄에서 활동하고 있었다. 그 누이동생이 이귀례이다. 이북만은 아내와 누이 이귀례를 데려와 가난한 살림을 도쿄바닥에 차려놓고 프롤레타리아 예술동맹 도쿄지부의 간판을 걸어놓았는데, 그곳이 도쿄부 시모키치조지(下吉祥寺) 2554번지였다. 임화가 이 집 식객 노릇을 했음은 새삼 말할 것도 없다. 이 때 이귀례는 17세가량의 소녀였다.

이북만군은 자기 안해와 누이동생을 데리고 와서 가난한 살림을 하였는데 임화군은 거기서 식객노릇을 하였었다.[63]

이북만 그는 아비 자리에 있었다. 이론투쟁에서 그를 능가할 인물은 아무 데도 없다고 임화는 보았다. 이북만 그는 누

이 이귀례 위에 군림하고 있었다. 그러니까 임화가 목소리로
밖에 말할 수 없었던 누이가 거기에 실체로 존재하고 있었
다. 누이가 그토록 사랑하던 근로투사인 그 사나이 몫을 할
수 있는 인물은 임화 그 자신이었다. 이 순간 아비격인 이북
만이 임화가 읊었던 오빠의 자리에 올라앉게 된 것이다. 네
거리를 헤매는 순이는 바로 이귀례였고, 어린 동생 영남과
누이를 두고 두 해 동안 노동계급사 사건으로 감옥에 간 것
은 이북만이었다. 이귀례가 사랑한 노동투사인 사나이는 바
로 임화 자신이었다. 그러기에 이북만과 임화는 동지였다.
진짜 아비찾기는 이로써 완벽하게 완성된 것이었다. 아비찾
기 사업의 일차적 완성은 임화와 이귀례의 혼례로 나타났다.
오빠 이북만이 지켜보며 감싸주는 가운데, 오빠를 한없이 따
르며 존경하는 누이와, 동지 이북만을 존경하며 따르는 임화
가 사랑하여 결합하는 일은 당연한 일이었다.

임화는 이귀례와 가정을 이루고 딸 혜란을 낳고, 경성 혜
화동에 신접 살림을 차렸다. 1931년 12월에 혼례식도 없이
결혼한 임화부부의 경성 살림집은 『집단』을 발간하는 곳이
기도 했다. 딸 혜란이 태어난 것은 1931년 12월이었다. 임화
가 도쿄로 연극 · 영화를 공부하러 유학가서 이북만 남매집
에 머물기 시작한 것은 1929년 겨울이었다. 이북만의 집엔
카프 도쿄지부 간판이 걸려 있었다. 카프 도쿄지부는 바야흐

로 카프 경성본부를 접수, 그 위에 군림하고자 힘을 집중하는 중이었다. 경성 카프본부엔 공산당의 지령에 의해 움직이는 인물로 김복진이 있었고, 도쿄에는 이북만이 있었다. 그 한복판에 임화가 뛰어들었던 것이다. 그 사정을 이귀례 스스로 이렇게 적어놓고 있다.

가끔 연구회 같은 것도 열고들 여러 가지 문제를 토의하며 지냈습니다. (……) 프로예술연맹과 무산자 극장과 구월회 등에 관계하고 있었습니다. (……) 우리는 투옥을 각오하고서 투쟁하는 까닭에 과히 상심할 필요가 없어요. 그저 몸만 건강하기를 바랄 뿐이지요.[64]

이것은 임화가 재건 공산당 사건(1931. 10. 6)에 연루되어 감옥에 들어갔다가 불기소처분을 받고 석방된 직후에 한 말이다.

그녀는 귀국 후 카프의 극장동맹과 영화동맹 및 청복극장의 멤버로 활동한 바 있다. 그러나 이처럼 투지만만한 이북만 남매와 임화의 관계도 그 결합의 강도가 한결같을 수는 없었다. 때로는 견고하고 때로는 묽을 수도 있는 것이다. 먼저 임화의 옥살이를 들 것이다. 김남천은 재건공산당사건에서 두 해 동안이나 옥살이를 했고 임화는 몇 개월에 지나지 않았지만 폐결핵으로 심한 타격을 받았다. 이북만도 ML당 사건으로 감옥으로 들어갔다. 이귀례와는 어느새 이혼사건으로 발전해갔다. 1930년대 초반이었다. 전주 사건 이후 카프는 정식으로 해체되는 비운을 맞는다. 이러한 위기의식을 겪어왔을 때, 그리고 마침내 소설가 지망생인 마산의 이현욱과 재혼했을 때, 정작 네거리의 순이는 어떻게 되었을까.

간판이 죽 매어달렸던 낯익은 저 二段(이단) 지금은 신문사의 흰 旗(기)가 죽지를 늘인 너른 마당에,

장꾼같이 웅성대며, 확 불처럼 흩어지던 네 옛 친구들도 아마 대부분은 멀리 가버렸을지도

모를 것이다.

그리고 순이의 어린 딸이 죽어간 것처럼 쓰러져갔을지도 모를 일이다.

허나, 일찍이 우리가 안 몇 사람의 위대한 청년들과 같이,

진실로 용감한 영웅의 단(熱(열)한) 발자국이 네 위에 끊인 적이 있었는가?

나는 이들 모든 새 세대의 얼굴을 하나도 모른다.

그러나 「정말 건재하라! 그대들의 쓰린 앞길에 광영이 있으라」고.

원컨대 거리여! 그들 모두에게 전하여다오!

잘 있거라! 고향의 거리여!

그리고 그들 청년들에게 은혜로우라,

지금 돌아가 내 다시 일어나지를 못한 채 죽어가도

불쌍한 도시! 종로 네거리여! 사랑하는 내 순이야!

　나는 뉘우침도 부탁도 아무것도 유언장 위에 적지 않으

리라.

　•「다시 네거리에서」 일부

　다시 네거리에 섰다는 것은 임화에게 있어 위기의식의 표
출이다. 이른바 실천을 가능케 했던 누이 콤플렉스가 여기
와서는 어느 틈에 서서히 자취를 감추고 이론과 실천의 분리
현상이 눈에 띄게 드러나 추한 표정을 짓고 있다. 센티멘털리
즘이 이 작품의 처음부터 군데군데 끼어 있어 과잉된 시적 반
응을 일으키고 있다. 이북만도 이귀례도 임화 주변에서 멀어
져갔다. 임화는 돌연 혼자만이 경성 거리에 덩그렇게 남았다.

　오오, 그리운 내 고향의 거리여! 여기는 종로 네거리,

　나는 왔다. 멀리 낙산밑 오막살이를 나와 오직 네가 네가

　보고 싶은 마음에……

　•「다시 네거리에서」 일부

감옥에서 나온 임화, 재혼한 임화, 폐결핵에서 소생한 임화, 그리고 마산에서 올라온 임화, 그는 그가 낳고 자란 낙산 밑 오두막집에서 처음으로 종로 네거리 보신각 앞에 선 심사로 이 노래를 부르고 있다. 가슴 벅찬 감탄사로 엮고 있는 이 작품이 얼마나 감상주의적인 얼룩으로 점철되어 있는가는 쉽게 알 수 있다. 투사로서의 투쟁의지도 실천개념도 그만큼 탄력을 잃은 증거이다. 카프 서기장으로 카프 조직을 스스로의 손으로 해산하지 않으면 안 되었던 문제아 임화, 이론과 실천의 일치를 거의 완벽하게 수행했던 혁명 투사 임화의 내면풍경은 이처럼 쓸쓸했고 또 황폐해져갔던 것이다.

현해탄 콤플렉스와 민족 에고이즘

경성 중인계급 출신의 문제아이자 가출아 임화의 아비찾기의 길목에서 첫 번째 만난 아비는 박영희와 그가 지배하고 있는 성채인 카프 조직체였다. 그 아비와 성채가 가짜임을 발견했을 때, 이 문제아는 다시 가출하지 않으면 안 되었는데, 두 번째 아비찾기는 현해탄 건너 『무산자』의 주재자인 이북만과 그 성채였다. 『무산자』란 임화에게 있어 이론투쟁의 본고장이자 「우리 오빠와 화로」에서 또는 「네거리의 순이」에서 보여진 심리적 균형감각의 거의 완벽한 구도였고, 그것의 현실화였다. 그렇지만 그것이 현실이었기에 현실이 필연적으로 갖게 되는 불순함, 세속적임, 그러니까 인간 냄새의 침투로 말미암아 벌어지는 부패함에서 결코 자유롭지 않은 법이다. 시간이 침투하지 않는, 생활이 넘보지 않는 청정한 관념, 혹은 회색빛 관념의 세계를 향한 영원한 아비찾기는 이때부터 새로이 출발되어야 했는데, 그것이 세 번째 아비, 즉 나카노 시게하루(中野重治)의 존재였다.

세 번째 아비찾기에서 마주친 나카노는 카프 경성본부도 도쿄지부도 해체되고, 따라서 박영희도 이북만도 더 이상 아비 구실을 하지 못하게 된 이후의 가출아 임화를 지배한 중심 이미지였다. 카프의 성채도 그 주인격인 아비도 없어진 황폐한 30년대 전체를 통해 임화에게 나카노야말로 청청한 소나무의 이미지였고, 마산 앞바다의 쪽빛 바다빛깔 그것이었다. 임화가 나카노를 언제부터 알았는지 확인할 길은 없지만, 일본측 잡지를 모조리 읽던 임화로서는 적어도 1927년부터 나카노의 글을 자주 접할 수 있었음에 틀림없다.

나카노는 카프 도쿄지부와 가까운 관계였던 것으로 짐작되는데, 그것은 이북만을 통해서였다. 나카노 자신이 "김두용·이북만·임화·김남천 등과 개인적으로 친했다"[65]라고 말한 점에서 이를 알 수 있다.

우리 일본 프롤레타리아트의 승리를 위하여 조선동지의 힘이 얼마나 거대한 도움이 되는가는 내가 여러 말 할 필요가 없을 것이다. 우리 일본 프롤레타리아 예술동맹이 더욱더 공격의 길로 돌진하기 위하여 가능한 모든 종류의 노력을 사양치 않을 것이다. 우린 조선동지에게 향하여 지금

에 우리의 손을 벌리고 그대들을 마지하려는 바이다.[66]

나프(NAPF, 일본프롤레탈리아예술동맹)의 많은 문인을 제쳐두고 나카노가 유독 카프 도쿄지부와 조선문제에 관심을 가졌던 것은 이북만을 비롯한 여러 조선 문인들과의 개인적인 친분을 주된 원인으로 볼 수 있다. 실상「비내리는 品川驛」자체가 이 사실을 잘 말해주고 있다. 이 작품에는 떠나는 친구에 대한 안타까움이 중심 이미지를 이루고 있다.

비날이는 品川驛
×××記念으로 李北滿 金浩永의게

辛이여 잘 가거라
金이여 잘 가거라
그대들은 비오는 品川驛에서 차에 올오는구나

李여 잘 가거라
또 한 분의 李여 잘 가거라
그대들은 그대들의 부모의 나라로 도러가는구나

그대들의 나라의 시냇물은 겨울치위에 얼어붓고

그대들의 ×× 반항하는 마음은 떠나는 일순에 굿게 얼어

바다는 비에 저저서 어두어가는 저녁에 파도성을 높히고
비닭이는 비에 저저서 연기를 헷치고 창고 집웅에서 날
너날인다.

그대들은 비에 저저서 그대들을 쫏처내는 일본의 ××을
생각한다.
그대들은 비에 저저서 그의 머리털 그의 좁은 이마 그의
안경 그의 수염 그의 보기실은 꼽새등줄기를 눈압헤 글여
본다.

비는 줄줄 날이는데 새파란 시그낼은 올너간다.
비는 줄줄 날이는데 그대들의 검은 눈동자가 번적인다.

그대들의 검은 그림자는 改札口를 지나
그대들의 하얀 옷자락은 침침한 푸랏트홈에 흔날녀

시그낼은 색을 변하고
그대들은 차에 올너탄다

그대들은 출발하는구나

그대들은 떠나는구나

오오!

조선의 산아이요 계집아인 그대들

머리끗 뼈끗까지 꿋꿋한 동무

일본 푸로레타리아-트의 압짭이요 뒷군

가거든 그 딱딱하고 듯터운 번질번질한 얼음장을 투딜

여 깨ㅅ쳐라

오래동안 갓치엿든 물로 분방한 홍수를 지여라

그리고 또다시

해협을 건너뛰여 닥처 오너라

神戶 名古屋을 지나 동경에 달여들어

그의 신변에 육박하고 그의 면전에 나타나

×를 사로×어 그의 ×살을 움켜잡고

그의 ×멱 바로 거기에다 낫×을 견우고

만신의 뛰는 피에

뜨거운 복×의 환히 속에서

울어라! 우서라!

• 나카노 시게하루, 「비내리는 品川驛」[67] 전문

시나가와(品川)란 어떤 곳인가. 도쿄의 남쪽 바닷가에 닿아 있는 이 지역은 바다 매립공사를 벌였던 탓에 조선인 막노동자들이 많이 모여 살던 곳이었다. 소지주 출신이며 제국대학을 나온 엘리트인 나카노가 천황제 부정과 사회주의 세계 건설을 목표로 하는 문인이자 이론투쟁가로 나선 이래 조선인 노동자 문제에 특별한 관심을 가질 수는 있었겠지만, 그가 이북만·김두용·김삼규 등과 사귀지 않으면 그러한 시를 쓸 수는 없었을 것이다. 곧 이 시가 훌륭한 것은 이토록 압도적인 재일 조선인 노동자가 현실적 힘으로 뒷받침된 까닭이었다.

港口의 게집애야! 異國의 게집애야
'독크'를 뛰어오지 마러라. '독크'는 비에 저젓고
내 가슴은 떠나가는 서러움과 내어 쫓기는 분함에 불이 타는데
오오 사랑하는 港口 '요꼬하마'의 게집애야!
'독크'를 뛰어오지 마러라 난간은 비에 저저 잇다.

그남아도 天氣가 조흔 날이엇드라면?……
아니다 아니다 그것은 所用업는 너만에 불상한 말이다
네의 나라는 비가 와서 이 '독크'가 떠나가거나

불상한 네가 울고 울어서 좁드란 목이 미켜지거나
異域의 반역 靑年인 나를 머물너 두지 안으리라
불상한 港口의 게집애야 울지도 말어라.

　追放이란 標를 등에다 지고 크나큰 이 埠頭를 나오는 네
의 산아희도 모르지는 안는다
　네가 지금 이 길로 도라가면
　勇敢한 산아희들의 우슴과 아지 못할 情熱 속에서 그 날
마다를 보내이든 조그만 그 집이
　인제는 구두발이 들어　나간　흙발자국박게는 아무것도
너를 마즐 것이 업는 것을
　나는 누구보다도 잘 알고 생각하고 잇다.

　그러나 港口의 게집애야! 너는 모르지 안으리라
　지금은 '새장 속'에 자는 그 사람들이 다 네의 나라의 사
랑 속에 사랏든 것도 안이엇스며
　귀여운 네의 마음속에 사럿든 것도 안이엇섯다.

　그러치만
　나는 너를 爲하고 너는 나를 爲하야
　그리고 그 사람들은 너를 爲하고 너는 그 사람들을 爲

하야

엇재서 목숨을 맹서하엿으며

엇재서 눈오는 밤을 멧 번이나 街里에 새엇든가.

거긔에는 아모 까닭도 업섯스며

우리는 아모 因緣도 업섯다

덕우나 너는 異國의 게집애 나는 植民地의 산아희

그러나 오즉 한 가지 理由는

너와 나 우리들은 한낫 勤勞하는 兄弟이엇든 때문이다.

그리하여 우리는 다만 한 일을 爲하야

두 개 다른 나라의 목숨이 한 가지 밥을 먹엇든 것이며

너와 나는 사랑에 사라왓든 것이다.

오오 사랑하는 '요꼬하마'의 게집애야

비는 바다 우에 나리며 물결은 바람에 이는데

나는 지금 이 땅에 남은 것을 다 두고

내의 어머니 아버지 나라로 도라갈려고

太平洋 바다 우에 떠서 잇다

바다에는 긴 날개의 갈매기도 올은 볼 수가 업스며

내 가슴에 날든 '요꼬하마'의 너도 오늘노 업서진다.

그러나 '요꼬하마'의 새야

너는 쓸쓸하여서는 아니 된다. 바람이 불지 안느냐

한아뿐인 너의 조희우산이 부서지면 엇저느냐

어서 드러 가거라

인제는 네의 '게다'소리도 빗소리 파돗소리에 무처 사라

젓다

가 보아라 가 보아라

내야 쫓기어 나가지만은 그 젊은 勇敢한 녀석들은

땀에 저즌 옷을 입고 쇠창살 미테 안저 잇지를 안을 게며

네가 잇는 工場엔 어머니 누나가 그리워 우는 北陸의 幼

年工이 잇지 안느냐

너는 그 녀석들의 옷을 빠라야 하고

너는 그 어린것들을 네 가슴에 안아주어야 하지 안켓

느냐

'가요'야! '가요'야 너는 드러가야 한다

벌써 '싸이렌'은 세 번이나 울고

검정 옷은 내 손을 멧 번이나 잡어다녔다

인제는 가야 한다 너도 가야 하고 나도 가야 한다.

異國의 게집애야!

눈물을 흘리지 말어라

街里를 흘너가는 '데모'속에 내가 없고 그녀석들이 빠젓다고

섭섭해 하지도 마러라

네가 工場을 나왓슬 때 電柱 뒤에 기다리든 내가 없다고

거기엔 또 다시 젊은 勞動者들의 물결로 네 마음을 굿세게 할 것이 잇슬 것이며

사랑의 주린 幼年工들의 손이 너를 기다릴 것이다.

그리고 다시 젊은 사람들의 演說은

勤勞하는 사람들의 머리에 불가치 쏘다질 것이다.

드러가거라! 어서 드러가거라

비는 '독크'에 나리우고 바람은 '데기'에 부되친다

雨傘이 부서질라

오늘 쫓겨나는 異國의 靑年의 보내주든 그 雨傘으로 來日은 나오는 그녀석들을 마주러

'게다'소리 높게 京濱街道를 거러야 하지 안켓느냐.

오오 그럼은 사랑하는 港口의 어린 동무야

너는 그냥 나를 떠내 보내는 스러움 사랑하는 산아희를

離別하는 작은 생각에 주저 안질 네가 아니다

　네 사랑하는 나는 이 땅에서 좇겨 나지를 안는가

　그 녀석들은 그것도 모르고 가치 잇지를 안는가 이 생각
으로 이 慣한 事實로

　비달기 가튼 네 가슴을 발가게 물들려라

　그리하야 하얀 네 말이 뜨거서 못 견딜 때

　그것을 그대로 그 얼골에다 그 대가리에다 마음것 메다
처 버리어라.

　그러면 그 때면 지금은 가는 나는 벌서 釜山 東京을 거
처 동모와 가치 '요꼬하마'를 왓슬 때다

　그리하여 오랫동안 서러웁든 생각 慣한 생각에

　疲困한 네 귀여운 머리를

　네 가슴에 파뭇고 울어도 보아라 우서도 보아라

　港口의 내의 게집애야!

　그만 '독크'를 뛰어오지 마러라

　비는 연한 네 등에 나리우고 바람은 네 雨傘에 불고 있다.

　• 「우산받은 요꼬하마 부두」[68) 전문

　임화의 이 작품이 나카노의 시에 대한 화답 형태임은 의심
의 여지가 없다. 한·일 근대문학사의 관련 양상의 한 가지

사례로 이를 부각시킬 수 있을 것이다. 일방적 '이식문학'이 아니라 쌍방적 관계의 한 가지 가능성의 열어보임이라 평가되어도 큰 무리는 아닐 터이다.

이러한 평가의 근거는 무엇인가. 이 물음에 한국문학 측은 민첩할 필요가 있지 않을까 싶다. 그것은 나카노에의 '화답'이 가능한 조건이랄까 자질을 임화가 갖고 있음에 관련된다. 나카노와 맞설 수 있는 임화의 '자질'이란 무엇인가. 일본의 대표적인 '자질'과 조선의 대표적 '자질'이라 할 때 '자질'이란 물을 것도 없이 '시적 자질'을 가리킴이 아닐 수 없다.

'시적 자질'을 문제 삼는 일은 「비내리는 시나가와역」과 「우산받은 요꼬하마 부두」의 비교에 막바로 이어진다. 두 작품의 비교에서 드러나는 사항 중, 나카노에게 화답한 부분을 지적한다면, (1) '驛'에 대한 '항구'(조선인의 실제 귀국과는 맞지 않는 시적 대응), (2) '비둘기'에 대한 시적 반응(이는 나카노 쪽도 의외였지만, 임화는 이를 놓치지 않았음), (3) 일본에 다시 쳐들어오라는 나카노에 대한 임화의 대응 방식 등이 될 터이다. 그러나 이러한 대응 방식들은 외관상의 현상에 지나지 않는다. 시적 자질을 문제 삼을진댄, 임화의 「우산받은 요꼬하마 부두」는 단연 임화 독자성에 기초를 두고 있음이 확인되기 때문이다. 그것은 바로 누이 컴플렉스로 말해질 수 있는 임화 특유의 시적 자질이다.

조선의 발렌티노인 주연급 영화 배우이자 카프 시인 임화가 그 나름의 시적 성취를 이룬 것으로 평가된 것은 「우리 오빠와 화로」(1929)와 이에 이어진 「네거리의 순이」(1929)에서이다. 김기진이 '단편서사시'(1929)로 규정, 카프시의 새로운 지평이라 평가된 임화의 이러한 시 형식의 창출은 한국 근대시사에서 획을 긋는 것이었다. 이에 막바로 이어진 것이 「우산받은 요꼬하마 부두」이다. 「우리 오빠와 화로」에서의 '누이'의 시선이 그대로 우산받고 나와 있는 이국의 근로여성으로 전이되었을 뿐이며, 남자 동생 영남이를 돌보는 누이의 심정이 그대로 옮아간 것이 일본 근로여성의 심성이었다. 「네거리의 순이」의 근로하는 여성이 그대로 근로하는 일본 여성이었고, 따라서 임화에겐 당초부터 두 나라 근로여성에 대한 일체감이 존재하고 있었다. 이 점에서 임화의 시적 자질엔 그 지독한 '민족 에고이즘'이 부재하고 있었다.

두 시인의 작품을 이렇게 비교해보는 것은 단순한 시적 상황을 밝히는 데에 멈추는 것이 아니다. 여기에는 그보다 훨씬 본질적인 요소가 깔려 있다. 나프 이론 투쟁가이자 소설이가이자 시인인 나카노의 작품에서 가장 첨예한 부분으로 잠복해 있는 것은 제25행, 즉 "일본 프롤레타리아의 앞잡이요 뒷군"이라는 대목이다. 나카노의 정치적 감각이 날카롭게 드러난 이 대목이야말로 그의 시 「비내리는 시나가와역」이 안고 있는 문제점인 셈이다. 나카노의 정치적 감각이란 조선인 노동자인 사나이와 계집들이 천황을 죽여달라는 것, 곧 공산주의 혁명에 저들보다 앞장서달라는 요구를 드러내고 있는 것이다. 일본 무산계급의 "앞잡이요 뒷군"으로서의 조선 노동자를 염두에 둔 것이야말로 나카노의 가슴 가장 깊은 곳에 놓인 본심이었다. 나카노의 이러한 논법은 비단 나카노 개인의 것에 멈추지 않으며 나프가 지닌 기본전략의 일종이라 할 것이다. 그들은 조선인의 존재를 한갓 일본 계급해방의 '도구적 존재'로밖에 생각할 힘이 없었다. 이것은 물을 것도 없이 도도한 일본인의 민족 에고이즘이 은밀히 드러난 것이라 할 수 있다.

최후의 절에 '일본 프롤레타리아의 앞잡이요 뒷군'이라는 구절이 있거니와, 이곳은 고양이 등(천황─인용자)이라는 것과는 다른 것, 곧 민족적 에고이즘이라는 꼬리 같은 것이 달려 있다는 느낌을 버리기 어렵습니다.[69]

나카노는 솔직하게도, 이 대목은 자기자신이 일본인이며, 조선인과 일본인을 준별한 것, 그러니까 민족차별을 저도 모르게 내세웠음을 인정하고 있는 것이다. 나카노가 일본 공산당원인 만큼, 만국의 노동자라든가, 코민테른의 지시 같은 것은 명분으로서의 의미를 갖지만, 심정적인 것으로는 수용될 수 없음을 솔직히 드러낸 것이라 할 수 있다.

이에 비해 임화의 시는 일종의 센티멘털리즘이며 그것의 순수성이다. 그는 "항구의 계집애"를 일본 처녀로 생각하기에 앞서, 다만 무산계급의 처녀로만 일방적으로 강조하고 고고하게 치켜세웠다. 바로 이 때문에 나카노의 작품과 임화의 작품은 질적인 차이를 보여준다. 나카노의 작품에는 문제의 그 "앞잡이요 뒷군"이라는 민족적 장벽의 규제가 엄연히 있었고 이 때문에 실상 그 작품은 살았던 것, 적어도 진실에 가까웠던 것이지만, 임화의 화답에는 그러한 망설임이랄까, 모순점이 끼어들지 못했다. 그만큼 임화의 작품은 허위이고 거짓이고 모자람이었다. "항구의 계집애야"라고 외쳤을 뿐 그 계집애와 조선 청년 사이에는 넘지 못할 '현해탄'이 엄연히 있음을 임화는 알아차리지 못했다. 이 점에서 보면 임화는 코민테른의 유치한 신자이다. 청년 임화가 「우산받은 요꼬하마 부두」를 쓸 때의 의식수준은 그만큼 순수하고 유치한 것이었다. 이로써 현해탄을 가운데 둔 한일 두 나라의 문학상의 주고받기에 대한 심리적 · 정신적 결산은 백일하에 드러난 셈이라 할 것이다.

도쿄시대와 현해탄 콤플렉스

도쿄시대의 임화는 어떤 상태에 놓여 있었던가. 연극공부를 목표로 현해탄을 건너는 일이 과연 무엇을 뜻하는 것이었을까. 그의 도쿄행은 그가 1927년에 이미 진짜 아비로서 박영희와 그 아비의 성채인 카프 조직체를 알고 그 밑에서 아들 임화로서 연기놀음을 하기로 작정하고 또 1929년 초반까지도 그러한 상태에 있긴 했으나, 서서히 박영희가 진짜 아비가 못되고 카프 조직체가 견고한 성채가 아님을 깨닫게 된 것과 깊이 관련되어 있다. 가출아이자 문제아인 임화의 아들 노릇하기란, 일종의 연기이자 실존적인 행위였다. 실존적인 행위란 정신적·사상적 목마름으로 볼 수 있으며, 아비찾기로서의 방황이란 그 자체는 실존적 행위이지만 찾는 아비를 섬기는 아들의 행위란 갈데없는 한 가지 연기가 아닐 수 없는 것이다.

그 자신이 회고해놓은 바와 같이 1929년 겨울 그가 도일을 결심하고 실행했던 시기까지 그가 현해탄을 건너려는 목적은 연극공부였다. 그만큼 그는 「유랑」, 「혼가」 이래 영화·연극에 들려 있었다. 이에 대해서는 김남천의 기록이 잘 말해주고 있다.

> 열 아홉 살 때니까 소화 4년(1929)이다. 중학 시대 『월성』 동인인 한재덕씨가 동경 시외 駒澤에 있던 나를 찾아와서 早稻田 교내에서 안막군을 사괴어 가지고 함께 예맹 동경지부에 가맹했는데, 이번 하계 휴가에 동경지부소속의 극단이 조선공연을 나가는데 동행하면 어떤가고 물었다.[70]

이 기록에 따르면 『무산자』로 변신한 카프 도쿄지부의 중요부서로 연극부를 들 수 있다. 카프 도쿄지부 연극부에서는 1928년 「조선」이라는 각본으로 경성에서 상연하려 했으나 중지된 바 있고, 1929년 7월에 다시 경성에서 상연 예정이었으나 역시 각본이 허가되지 않아 중단되었다. 그러나 일본에서는 어느 정도 자유로운 분위기여서 상연이 가능하였다. 당시 카프 도쿄지부 소속 극단은 고엔지(高圓寺)에 있었다. 김남천·한재덕·안막 등이 귀국하여 당시 안막의 집(팔판동)에 머물면서, 카프 경성지부의 연극부를 맡아보고 있는 임화를 만났다. 안막은 임화에 관해 많은 정보를 가지고 있었다. 안막은 그때까지 임화와 인사는 없었으나 본 적은 있었다. 영화배우로 두 번이나 주역을 했다는 것, 생긴 것이 아이노 코(튀기) 같다고 안막은 말했다. 아이 적엔 면도를 맨들맨들 하게 하고 휘파람만 불고 다니더니 배우노릇을 하고 다다 미술론을 쓰고, 지금은 시를 쓴다는 것이라고 했다. 1927년 7월 어느날 오후 세 사람은 임화를 만나러 경성역으로 향했다. 그 때 학생들이 바바리 코트를 입는 것이 유행인지라 그더운 때 김남천은 남색교복에 바바리를 걸쳤고, 안막은 흑세루 신사복으로 갈아 입었다. 임화의 표정은 다음과 같았다.

> 그날 임씨는 붉으레한 한팅을 쓰고 비로도 저고리에 회색바지를 입고 앞이 뾰족한 구두를 신었었다. 펀뜻 보아 모양은 넬려는 편인데, 요즘의 임화씨처럼 세련된 신사풍보다 배우식인 데가 많았던 것 같다. 그는 안막씨 하고 몇 마디 수작하고 나하고는 통성만을 나누었을 뿐이다.[71]

이로 보면 1929년 여름의 임화는 시인이기보다는 완전히 영화 · 연극 배우였음이 드러난다. 김남천은 며칠 뒤에 단장을 짚고 다니는 박영희, 모시 두루마기만을 입고 다니는 윤기정을 만났고, 잇달아 영화감독 김유영, 극작가 송영 등을 만났다. 김남천이 이기영을 만난 것은 1930년이고, 김기진을 만난 것은 1931년이었다. 그도 당시엔 마찬가지로 연극영화에 관심을 가지고 있었는데, 당시 카프 도쿄지부 및 경성 본부 소장파들의 관심의 중심부가 연극영화였음을 새삼 말해주는 것이기도 하다.

적어도 현해탄을 건너기 전까지 임화의 삶의 목표는 완벽한 연기력 공부에 있었다. 그러기에 그의 눈에는 현해탄의 파고의 높이라든가 바다의 색깔이 눈에 들어오지 않았다. 그런 것은 연기력과 무관했기 때문이다. 현해탄을 두고 임화가 비로소 "이 바다 물결은/예부터 높다"고 한 것은 1938년의 일이다.

이처럼 1929년의 임화의 현해탄 건너기는 연극영화 공부에 그 목적이 있었으며 그 연기력 수업의 끝에 가출아 임화의 아비찾기가 펼쳐져 있었다. 연기력 끝에 진짜 아비 이북만과 그 견고한 성채인 『무산자』가 놓여 있었던 것이다. 그러나 막상 현해탄을 건너 대일본제국의 수도 도쿄에 닿았을 때, 임화는 크게 당황하지 않으면 안 되었는데, 그의 날카로운 연기력이 진짜 아비 이북만을 먼저 모방하지 않으면 안 되었기 때문이다. 이북만은 공산당원이며 이론투쟁가였던 것인데, 이 사실은 하도 결정적인 것이어서, 당원도 아니며, 깊이도 없는 허울뿐인 아비 박영희에겐 전혀 볼 수 없는 새

지평이었다. 뿐만 아니라 무산자사 역시 카프 경성본부 같은 미지근한 사이비 문사들의 모임과는 질적으로 다른 투사들의 성채였다. 이 속에서 임화는 연기력이 무용함을 차츰 깨닫지 않으면 안 되었는데, 이 깨달음이야말로 2년간의 기간이 소요될 만큼 힘겹고도 확실한 삶의 지침이었다. 연기력은 이때부터 남의 삶 흉내내기에서 벗어나 자기의 실존적 과제, 곧 '자기운명'을 한층 확실히 드러내는 힘으로 전용되지 않으면 안 되었던 것이다. 이것이 곧 임화가 직면한 당파성의 과제였다. 남의 운명의 모방에서 이젠 자기 운명의 개척으로 그의 연기력이 내면화되었던 것이다. 이러한 길목의 길잡이가 아비 이북만이었고, 무산자사였으며, 여자 투사 이귀례의 존재였다. 시인 자신의 운명, 곧 자기의 진실한 생활상을 노래하는 것으로 나아가야 된다는 자각이야말로 당원이 되는 길, 당파성을 문제 삼는 길로 통하는 것이었다. 「양말속의 편지」가 바로 그러한 것의 해답인데, 이 작품 속에 나오는 시적 상황이 그대로 현실적 상황으로 연결되었던 것이다.

참자! 눈보라야 마음대로 미쳐라. 나는 나대로 뻗대리라
기쁘다 ××도 ×××군도 아직 다 무사하다고?
그렇다 깊이깊이 다 땅속에 드러들 백혀라.

응— 아무런 때 이무런 놈의 것이 와도 뻗대자

나도 이냥 이대로 돌멩이 부처같이 뻗대리라

　•「양말속의 편지」 끝연

　선동적인 요소가 들어 있지만 순이의 이미지, 이른바 누이 콤플렉스만은 깡그리 제거되었다. '뻗대자'로 일관한 이 시에서는 막연한 용어라든가 과장적 표현이 거의 없다. 감옥에 가 있는 사나이의 투지를 양말 속을 통해 감옥으로 전달하는 구도 자체가 투사만이 할 수 있는 것이다. 그러나 아직도 이 시에서는 혁명적인 시가가 갖추어야될 힘을 발휘하는 시형식에 대한 고려가 결여되어 있음도 사실이다. 그가 김기진의 대중예술론에 대해 자기반성을 통해 단편서사시 양식을 부정했음에도 불구하고 이 시의 형식은 여전히「우리 오빠와 화로」같은 단편서사시이다. 다만 일본 유학 반년 만에 쓴 임화의「양말속의 편지」가 설사 시형식의 변혁에까지 이른 것은 아니라 하더라도 애상적이자 감상적인 수준을 극복하고 이론투쟁으로 나아갈 결의를 보인 점에서는 과연 임화다운 것이라 평가된다.

　「양말속의 편지」가 임화의 도쿄생활 반년 간의 자기 고민 및 성장과정을 보여주는 작품이라고 할 경우 여기에는 당연히 그 자신의 실천행위가 문제로 떠오르게 된다. 두 해 동안의 도쿄생활은 이북만을 중심으로 한 무산자사의 합숙생활이라 할 수 있다. 합숙생활은 가족적인 분위기와는 조금 성격이 다른 것이어서, 일종의 공적 생활에 해당된다. 그러나, 가출아이자 문제아인 임화로서는 이 합숙생활이 곧바로 그의 생활 자체일 수 있었다. 그에게 사적 생활이란 경성에서도 없었기에 사적 생활이 갖는 특수한 의미가 임화에게는 처음부터 결여되어 있었던 것이다. 가출아 의식이란 동가식서가숙의 삶을 전제로 한 것인 만큼 그 자체가 합숙의 뜻을 갖는 것이었다. 그렇지만 이 합숙 생활에는 단순한 생활 감각 이상의 중요한 의의가 곁들여 있는데, 다름 아닌 공적인 것과 사적인 것의 동일시현상이다.

그는 이북만의 집에서 식객 노릇을 했는데, 이것은 가난한 합숙생활로서의 공적 삶을 가리킴이라 볼 수 있다. 임화에게 이러한 식객 노릇이 아주 낯선 체험은 아니었다. 가출아 임화는 이미 박영희집에서도 이러한 식객 노릇을 한 경력을 갖추고 있었다. 아버지에게 알리지도 않고 도일한 임화이고 보면 그의 수중에 돈이 있었을 턱이 없다. 김기진이 도일여비의 일부를 대주었다는 것은 이러한 사정을 잘 보여주고 있다.[72]

도쿄생활에서 임화는 그 익숙한 연기력의 한계를 깨닫지 않을 수 없었는데, 이 점이야말로 도쿄유학 두 해 동안 임화의 자기 훈련 과정의 핵심이었다. 연기력을 고도로 몸에 익힌 자만이 능히 그 연기력을 내면화할 수 있는 법이다. 그것은 임화가 조선이라는 개별성 또는 조선의 카프라는 특수성에서 일단 벗어나 프롤레타리아 혁명이라는 보편성, 세계성을 향한 공부와 훈련을 가리킴인데, 이 공부와 훈련은 제국의 수도 도쿄라는 특수한 조건에 따라서 결정된 것이다.

이른바 제3전선파로 뭉친 도쿄유학생 중심의 소장파들이 카프 서울본부로 쳐들어와 마침내 카프 제1차 방향전환을 일으켰으며, 그 결과로 카프 도쿄지부를 만들고, 기관지『예술운동』을 창간하였으며, 신간회 지지를 공공연히 내세웠던 것이 1928년까지의 일이었다. 그러나 12월 테제를 알아차린 이들은 카프 도쿄지부를 재빨리 해체하고 무산자사를 설립하여『무산자』를 발간하였는데, 그 중심에 이북만이 놓여 있었다. 이북만의 집에 걸려 있는 간판이 카프 도쿄지부였는데, 이번에는 무산자사의 간판이 걸리고, 그 속에 예술·문학부가 한 부서로 존속하게 되었다. 이 무렵 임화가 참가한 것이다. 1932년 임화의 첫째 부인인 이북만의 누이 이귀례의 다음과 같은 기록은 합숙생활을 조금 엿보게 하고 있다.

3년 전에 임화 씨가 동경으로 오실 때 제가 있는 집으로 오시었어요. 저의 집이 프로 예술연맹 지부였던 관계입니다. 그래서 그 때부터 알게 되었습니다.[73]

이들의 합숙생활 중에는 "가끔 연구회도 열고들 여러 가지 문제를 토의하며 지냈다"는 대목도 포함되어 있는데, 이 경우 토의란 바로 이론투쟁을 위한 공부와 훈련에 해당될 것이다. 이 토의를 통해 앞에서 말한 「양말속의 편지」가 수정·완성되었음에 틀림없다. 그러한 토론은 여러 소그룹으로 진행되었는데 이귀례가 소속한 단체만 해도, 프로예술연맹·무산자극장·구월회 등이었다. 임화 역시 이러한 소그룹에 참여하고 이론 토론에서 공부와 훈련을 쌓았음은 새삼 말할 것도 없다. 한식·조중곤·이북만·김두용·홍양명·장준석·최병한·이경진·신국주 등을 비롯 고경흠·성기백·김삼규·한재덕·안막·김남천 등이 문예운동과 결부된 무산자 동지들이었다.

이런 분위기 속에서 임화는 「양말속의 편지」까지 가까스로 써낼 수 있었으나, 실상 이것조차 포기하지 않으면 안될 만큼 도쿄의 합숙생활은 그에게 충격적이고 당혹스러운 것이었다. 생활감각으로서는 가출아인 그도 금방 적응할 수 있지만, 보편적·국제적인 프롤레타리아 혁명을 겨냥한 무산자사의 정치적·시대적 감각은 감당하기 어려운 충격이었다. 「제비」(1930. 6)라는 시를 끝으로 그는 더 이상 시를 쓸 수가 없었다.

임화의 두 해 동안의 도쿄체험은 이데올로기와 실생활의

미분화를 위한 훈련과 공부로 요약될 수 있다. 사상(이데올로기)과 실생활이 엄격히 구분된 사회와 시대를 균형감 잡힌 사회나 시대로 본다면 당시 일본은 아직 그런 선진국 수준이 못 되었을 것이다. 1918년 제1차 세계대전이 끝났을 때 일본 제국은 세계 4강의 군사국가로 부상해 있었는데, 이 사실을 빠뜨리면, 일본을 휩쓴 것처럼 보이는 사상계의 마르크스주의를 올바로 이해할 수 없다. 군사적으로 세계적 강국으로 부상한 사실을 스스로 확인하고 그것을 뒷받침하는 길은 그것에 상응하는 문화적 장치랄까, 문화 · 사상 · 이데올로기 · 예술 등등으로 불리는 일련의 감각적 장치에 대한 세계적 수준, 적어도 세계 4강에 해당되는 수준을 암암리에 요구하고 또 승인한 것으로 보아도 좋을 것이다. '다이쇼(大正) 데모크라시'라는 것으로 말해지는, 사상의 거의 전면적인 개방정책이 이를 잘 말해주고 있다. 한 국가가 군사적으로 자신이 있다면, 사상이라든가 문화의 전면적인 자유는 용인할 수 있는 일이다. 일본 제국을 운영한 최고 엘리트들의 의식 속에는 군사력의 세계 4강에 상응하는 문화적 사상적 세계 4강의 수준을 스스로 용인하고 있었음에 틀림없다. 만일 이 사실을 정확히 그리고 적극적으로 평가하지 않거나 평가할 능력이 없다면 임화가 제시한 저토록 악명높은 '이식문학론'을 설명할 방도를 알지 못하게 된다. 임화에게 있어 일본의 도쿄란 도시는 일종의 사상 자체였고, 그것은 객관적 · 보편적인 것이어서, 일본인의 사적 생활이 거의 눈에 띄지 않았다. 이를 다르게 말하면 사상과 실생활이 분리되어 사상적인 것만이 온몸으로 임화 및 무산자사를 에워싸고 있는 형국이었다. 임화가 본 것은 사상뿐이었는데, 이를 그는 근대 자체로 보았다. 근대성이란 그것이 서양에서 들어온 '제도'의 일종이었는데, 이 제도가 도쿄 한복판에 커다랗게 놓여 그 속에서 모든 것이 움직이고 있었던 것이다. 제도적 장치로서의 근대, 곧 학교제도 · 군사제도 · 행정제도 등의 일환으로 만들어진 것이 다이쇼 데모크라시로 표현된 문화적 장치였는데, 그것이 이데올로기 자체로 보였던 것이다.

식민지의 중등 교육을 중도에서 포기한 청년 임화에게 비친 일본은 그 자체가 근대였고, 그것은 또 제도적인 장치로 놓여 있는 것이었다. 이 때문에 임화는 일본인이라든가, 일본인의 사적 생활이 전혀 눈에 띄지 않았다. 사적 생활과 공적 생활이 완전히 분리되어 있는 것으로 일본을 파악한 그는 공적 생활의 측면만을 공부하고 확인한 것이었다. 그것이 바로 문화적 · 사상적 · 문학적 장치로서의 이데올로기였다. 일본인들이 그들의 사적 생활과 공적 생활을 얼마나 일치시키고 있는가 혹은 분리시키고 있는가를 알아차릴 만한 힘이 임화에게 있을 턱이 없었다. 무산자사 동지들의 경우도 사정은 대개 비슷하다 할 것이다. 일본 그것은 근대 자체였고 보편성이며, 민족이라든가 지방성이라든가 사적인 감정이나 정서는 조금도 의식의 앞면에 포착되지 않았다. '이식문학사'의 발상도 여기서 근본적으로 말미암았던 것이다.

> 예술, 학문, 움직일 수 없는 진리……
> 그의 꿈꾸는 사상이 높다랗게 굽이치는 동경
> 모든 것을 배워 모든 것을 익혀
> 다시 이 바다 물결 위에 올랐을 때,
> 나는 슬픈 고향의 한 밤,
> 횃보다도 밝게 타는 별이 되리라.
> 청년의 가슴은 바다보다 더 설레었다.
> • 「해협의 로맨티시즘」 일부

서양문물제도를 받아들여 세계 4강국으로 부상한 일본을 보면서 임화는 다만 일본의 근대자체를 "움직일 수 없는 진리"로 파악했음을 위의 시가 잘 말해주고 있다. 그 자신은 이것을 "해협의 로맨티시즘"이라 불렀다. 이 낭만주의적 영웅숭배론의 근거를 제공한 것이 조선 청년 임화에게는 마르크스주의였다. 마르크스주의(사상)란 "움직일 수 없는 진리"이며 또 그것은 예술·학문에 걸치는 진리였으며, 이것들의 모든 것을 배워야 하는 것이야말로 청년의 영웅적 행위였다. 그러한 진리를 배울 곳은 도쿄뿐이며, 그것을 배우는 목적은 고향으로 돌아가 횃불보다 더 밝게 타는 별이 되기 위함이었다.

과연 임화는 "움직일 수 없는 진리"를 어떻게 배웠던가. 이 물음은 그 진리의 내용이 무엇이었던가에 따라 결정되는 것이었다. 움직일 수 없는 영원한 진리가 마르크스주의이고 그것의 예술, 학문의 형식을 배우는 것이었다. 임화는 이북만의 무산자사 그룹의 합숙생활에서 이 진리의 공부를 두 해 동안 감행했다. 그 공부가 얼마나 영웅적 행위인가는 청년의 열정이 잘 말해주고 있다. 그것은 순수함으로 요약된다.

  비록 청년의 즐거움과 희망을
  모두다 땅속 깊이 파묻은
  비통한 매장의 날일지라도
  한번 현해탄은 청년들의 눈앞에
  검은 상장을 내린 일은 없었다.
   • 「해협의 로맨티시즘」 일부

그러니까 '영원히 현해탄은 우리들의 해협이다'라는 명제는 '현해탄은 청년들의 해협이다'라는 명제에 관련된 셈이다. 영원히 열린 현해탄인 만큼 마르크스주의를 향한 움직일 수 없는 진리획득은 청년의 순수성만이 할 수 있는 영웅적 행위가 아닐 수 없었다. 임화는 두 해 동안 예술·학문으로 된 영원한 진리를 학습하였다. 그것은 전적으로 공적인 생활인 것이어서 사적 생활이란 부끄러워 얼굴도 내밀 수 없는 것으로 인식되었다.

과연 식민지 청년 임화는 어떤 "움직일 수 없는 진리"를 몸에 익혔는가. 어떤 식으로 그것을 횃불보다 더 밝은 별이 되게 만들고자 하였을까. 이 물음이야말로 1931년 봄에 귀국한 임화의 활동 양상 속에서 해답을 찾아낼 수밖에 없다.

스스로 아비되기

임화의 귀국시기는 조금 불확실한 점이 있다. 임화 자신은 "31년 秋에 귀선(歸鮮)하고 남천, 안막군 등은 그 이듬해 春에 돌아와 전혀 카프일에 몰두하였습니다"[74]라고 적고 있는데, 이로 미루어보면 임화보다 일 년 뒤인 1932년 봄에 김남천, 안막 등이 귀국한 것으로 되어 있으나, 김남천의 기록에 따르면 사정이 조금 다르다.

1931년 봄에 임화와 나는 전후하여 조선으로 건너 왔다. 그리고 다시금 일신을 던져서 카프의 일에 그리고 일반 문화사업에 미력을 다하였던 것이다.[75]

31년이냐 32년이냐를 분간하는 것은 기억하는 사람들의 감각적 착오일 수도 있으나 대체로 다음과 같이 파악할 수 있을 듯하다. 임화가 일본으로 간 것은 1929년 늦가을이었으며, 귀국한 것은 1930년 가을이거나 겨울로 추정된다. 두 해 동안의 일본 체류란 이를 가리킴일 것이다. 햇수로는 두 해이나 잘 따져보면 만 일 년 정도로 볼 수 있다.

임화의 도쿄생활에서 이귀례와의 사귐은 마침내 두 사람의 사랑과 결혼으로까지 이어졌는데, 이 점은 임화 생애에서 빠뜨릴 수 없는 대목이다. 첫 딸 혜란을 낳은 것은 1931년 12월이었는데, 이 때 임화는 감옥에서 나온 지 한 달(1931. 11)이 지난 때였다. 이들 부부를 두고 당시 저널리즘에서는 애인인 동시에 동지, 곧 리브그네히트와 로싸의 관계라 일컬었다. 이북만의 누이 이귀례는 오빠집에 와서 무산계급 여성운동의 학습에 열중하고 있었다. 이북만의 집이 곧 카프 도쿄 지부의 간판이 걸린 곳인 만큼 17세의 이귀례는 카프에 가담했음은 물론, 무산자극장그룹(청복극장)과 구월회 등에도 가담하였다. 이들 합숙자들은 토론을 일삼았으며, 이를 통해 운동과 조직에 관한 고도의 학습을 할 수 있었다. 또한 이론투쟁의 지식을 얻을 수 있었는데, 그 위에는 당원 이북만이 주인격으로 군림하였다. 임화의 결혼식은 다음과 같은 당사자들의 견해로 보아 관습적인 것에서 완전히 벗어난 것이었다.

"결혼식은 어디서 하셨나요?"

"식은 거행치 않았습니다. 그냥 서울로 돌아와서 살게 되었습니다."

"그것은 참 새롭습니다. 그런데 결혼식을 거행치 않으신 이유가 있겠지요?"

"프롤레타리아 입장에서 결혼식이라는 형식적 허례를 갖출 필요가 없다는 견지에서 그만 두어버렸습니다."

"그러시면 인습상 여인네로서 다소간 섭섭한 생각은 없으십니까?"

"그러한 생각은 절대로 없습니다. 그러한 생각은 중산계급 이상에서 생각할 문제겠지요. 우리는 남녀의 결합보다는 동지와 동지의 굳은 악수입니다."[76]

투옥을 각오하고 예술운동을 하는 이상, 이귀례의 이러한 발언은 도쿄의 무산자사 합숙생활에서 학습한 것에서 말미암았다. 그만큼 임화 부부는 전위적이었던 셈이다. 이귀례와 임화의 결합은 1930년으로 추정된다. 도시아이자 영화배우이자 시인인 임화는 무산자극장에 열을 올리고 있는 이귀례와 기질적인 유사성을 가졌을 것이며, 그것은 또 계급사상과 조직 운동으로 자연스럽게 이어질 수 있었을 것이다.

그러면 귀국을 결심한 임화의 내면풍경은 어떠했을까. 가출아 임화의 심리적 균형감각 획득은 아비찾기로 규정된다.

아비찾기의 결과로 도달한 곳이 카프 도쿄지부였으며 이북
만이었다. 이북만은 가부장제적 표정과 실력을 갖추고 있었
다. 현실적으로도 그러했지만 상징적으로도 그러했다. 그는
아내와 누이를 거느린 생활인이자 카프 도쿄지부와 무산자
사를 조직 경영하는 점에서도 생활의 인식과 생활의 조직을
한 손에 쥔 실력자였다. 그는 동시에 이론 투쟁 면에서도 단
연 가부장제적 지위의 꼭지점에 서 있었다. 임화의 아비찾기
는 여기서 모든 것의 종점을 보고야 말았다. 무엇보다도 임
화는 「우리 오빠와 화로」로 대표되는 심리적 콤플렉스에서
완전히 자유로울 수가 있었다. 상상력이랄까 한갓 공상으로
만들어졌던 허구적인 자기 방어장치로 고안된 누이 콤플렉
스는 이북만의 집안에서 완전히 무화되고 말았는데, 이귀례
의 뚜렷한 존재 때문이었다.

이북만과 임화 가운데 매개항으로 이귀례가 끼어듦으로써
부자관계로서의 이북만·임화의 수직적 관계(초월)는 조금
씩 의미와 긴장감을 잃어가기 시작했다. 가부장적 질서 속에
서 이귀례는 뚜렷한 존재였고 조만간 그 질서 속에서 벗어나
게 되어 있는 존재였다. 이 두 사람의 접근은 심리적 접근이
자, 동시에 아비로부터의 이탈, 곧 가부장제적 질서관에서의
일탈현상이었다. 이귀례가 동지에서 아내로, 그리고 아기 엄
마로의 이행기간이 너무도 완만하였던 사실과 비례하여 이

북만과 임화의 관계, 즉 아비에서 동지로, 그리고 마침내 대등한 경쟁자의 관계로 가는 이행기간도 완만하게 진행되었다. 두 해의 세월이 거기에 해당된다. 아비찾기에서 마침내 스스로 아비가 되는 길로 나아가는 일, 이것이 가출아 임화의 방황의 종점이었다.

1930년 가을, 가출아 임화는 스스로 아비가 되어 서울에 돌아왔다. 그는 우선 견고한 성채를 지어야 했다. 그는 우선 권위를 획득해야 했다. 그는 힘이 있어야 했다. 서울 카프본부가 그의 앞에 초라하게 놓여 있었다. 초라한 옛아비 박영희가 아직 거기 쭈그리고 있었다. 윤기정을 비롯한 옛동지들이 멍청한 표정으로 그를 바라보고 있었다. 이귀례를 대동한 임화는 이북만의 권위와 옷을 빌려 입은 채 카프 경성본부에 도착하였다. 그는 짐을 풀었다. 운명은 단연 그의 편이었다.

임화의 귀국이 그야말로 스스로 '아비되기'의 결정적이자 활기찬 계기인 까닭에 임화를 중심점으로 한 카프 재조직은 다른 어떤 활동보다 그에게는 중요한 일이었다. 귀국한 임화가 카프 재조직에 착수하여 그 조직표를 완성한 것은 1931년 3월 20일이었다. 서기국에서 임화의 주도로 작성된 이 조직표는 1931년 3월 27일 확대위원회를 열고 마침내 카프 중앙위원회에서 승인받을 속셈이었다. 그러나 불행히도 3월 27일의 카프 확대위원회는 볼온하다는 이유로 당국에 의해 금지

되고 말았다. 3월 30일경 이에 대한 대책마련을 위해 중앙위원회가 열려 재조직 문제는 일단 중지되고 만다.

이 때 시도된 카프 재조직에서 주목할 만한 점은 카프 서기국이다. 모든 조직상에서 특히 공산당 조직에서 중심부가 서기국임은 의심의 여지가 없는데, 지금껏 카프조직에는 이것이 빠져 있었다. 서기국이란 조직 전체를 총괄하며 모든 정보를 쥐고 있는 곳이고 따라서 운동개념을 확인하고 창출하는 두뇌에 해당한다. 이 서기국의 서기장을 윤기정이 맡고 서기로 임화가 군림한 점은 아무리 강조되어도 지나침이 없다. 윤기정은 임화의 보성중학 선배이고 또 임화보다 한 반 아래인 조중곤과도 가까운 사이였을 뿐 아니라, 임화와 더불어 영화 만들기에 열중한 동지였다. 이로 보건대 1931년 3월에 시도된 카프 재조직은 임화의 일방적 독주였음을 알 수 있다. 카프 협의회라는 이름으로 감행된 6개 조직체 가운데 이기영·강호를 뺀 나머지 부서 책임자는 윤기정과 임화로 되어 있음을 보아도 이 재조직이 얼마나 임화의 의도대로 구상되었는가를 알아낼 수 있다. 바야흐로 임화는 '아비찾기'를 끝내고 스스로 아비되기를 빈틈없이 실천하고 있는 중이었다.

1931년 3월 20일 카프 재조직 계획이 임화와 윤기정에 의해 세워졌지만 이 계획은 물론 카프 조직 확대위원회에 공식적으로 채택된 것은 아니었다. 3월 27일 예정인 카프 확대대회는 불온하다는 이유로 열리지 못했기 때문이다. 그러나 카프의 모든 조직관계는 임화와 권환에게 맡겨졌으며 합법적 중앙위원회 개최를 협의했다고 안막은 적고 있다.

그 후 카프 중앙위원회는 매월 한번 열려 결의 사항은 카프 서기국의 이름으로 발표되었다. 또한 소설·시·평론에 관계된 카프 맹원이 혹은 정기적으로 혹은 부정기적으로 회합하여 작품의 비판 등을 협의하기에 이르렀다.[77]

임화가 장악한 카프 조직체는 이른바 협의회 형식으로 이러한 모임을 계속했는데 박영희의 기록에 따르면 이를 '비밀집회'라 불렀다. 소시민 출신인 박영희는 임화 중심의 비밀집회에 큰 심리적 부담을 느꼈다. 그것은 카프가 합법적 문학 활동에서 공산당의 비합법적인 운동으로 바뀌었음을 의미했다. 이른바 예술운동의 볼셰비키화가 그것인데 임화의 논문 「조선 프롤레타리아 예술운동의 당면한 중심적 임무」[78]가 결정적이었다.

1931년 3월의 카프 재조직 계획 수립의 장본인이 임화였다는 것은 바야흐로 그가 아비찾기의 도정을 불식하고 스스로 '아비되기'의 길로 적극적으로 들어섰음을 여실히 보여주는 행위였는데, '아비되기'의 가장 완벽한 방법은 '감옥행'이었다. 공산주의자협의회사건이 그것으로, 이는 카프의 볼셰비키화가 가져온 필연적 결과였다.

공산주의자협의회사건이 신문에 크게 보도된 것은 1931년 10월 6일이었고 이 사건을 담당한 것은 종로 경찰서 고등계였다. 1931년 8월 초순부터 본격적인 검거활동을 벌인 종로 경찰서는 두 달에 걸친 조사를 통해 조선공산당 공산주의자협의회사건으로 만들어 치안유지법 위반 및 출판법 위반으로 경성지방법원에 넘긴 것이 10월 5일이다. 이 사건은 구속자 17명, 미체포자 한위건 · 양명 등 18명, 도합 35명이었다. 그러나 여기서 기소된 사람은 카프에서는 유일하게 김남천 혼자였다. 임화는 기소유예로 1931년 10월 풀려난다. 임화가 이 사건에 연루되어 구속된 날짜는 정확히 알 수 없으나 수사경과에 따르면 1931년 8월 초순에 구속하기 시작하여 10월 5일에 끝났으니까 3개월 정도 감옥살이를 한 것으로 볼 것이다.

임화는 감옥살이를 함으로써 비로소 가부장의 자격을 획득하게 되었다. 이를 통해 가출아 임화의 '아비찾기'의 긴 도정은 완전히 끝난 것이었다. '아비찾기'에서 마침내 스스로 '아비되기'에 귀결되고 만 것이다. 그러나 '아비되기'는 철저해야 했다. 강력한 아비, 절대절명의 가부장제를 만들어 그

위에 군림해야 하는 일이 아비사상의 이데올로기이다. 원래 '아비되기'가 이중적이었던 만큼 강력한 '아비되기'의 길은 이율배반적인 것이기도 했다. 심리적·정신적 아비되기의 길과 현실적으로 가정을 가져 가족 생활하기의 길이 놓여 있고, 이 두 길 사이에서 벌어지는 이율배반적 성격은 유독 임화만의 고민은 아닐 터이다.

이 사건에 연류되어 고경흠과 함께 기소되어 실형을 산 김남천이 1933년 출옥하여 발표한 단편 「물!」[79]은 "나는 두평 칠합의 네모난 면적 위에 벌써 날수로 일곱달이나 살아온 것이다"라는 서두에서도 잘 드러나듯이 이 작품은 그가 추운 동지 섣달에 감옥에 들어와 3개월간 독방에서 지내고 한 여름엔 13명이 한 방에서 지낸 얘기를 체험담 투로 다룬 것이다. 이념이나 사상을 깡그리 잊고, 당장 부딪친 갈증의 고통과 거기서 벗어나려고 하는 인간의 생리적 욕망이 어떠한가를 보여주면서 작가는 1933년 5월 20일이라는 날짜와 함께 "백도의 여름이 다시 오련다. 이 한 편을 여름을 맞는 여러 동무들에게 올린다"라는 기록을 작품 끝에 달아놓고 있다.

카프 서기장 임화는 「6월중의 창작」에서 이기영의 「서화」를 높이 평가하는 반면, 「물!」을 경험주의적이며, 생리적인 오류로 규정하여 혹평을 가한 바 있다. 이에 관해 김남천은 작품을 결정하는 것이 작가이며 작가를 결정하는 것은 그 당자의 실천이라는 원칙을 반론으로 주장했다. 이 반론 속에는 같은 사건에서 기소유예 처분된 임화가 기소되어 긴 세월 복역하고 나온 김남천을 감히 비판할 수 있는가라는 항변이 숨어 있다. 다르게 말하면 실천이란 삶의 전체적이고 구체적 현실을 가리는 것이어서 이를 떠난 어떤 논리적인 것도 정당성을 내세울 수 없다는 것이다. 그러나 임화는 김남천과는 달리 작가의 삶의 실천보다 작가의 문학적 실천에 무게 중심을 두었다고 할 수 있다.

나는 여기서 작품 「물!」이 한 개의 귀족문학이 아니며 진실한 프롤레타리아 작품이 아니며 그것은 가장 위험한 경향에 합류하여 있다는 임군의 비평을 조금도 부인하고자 하는 것이 아니다. 나는 그것이 '끊임없는 투쟁의 포화'속에서 정화되어야 할 것을 천번도 만번도 시인하는 것이다. 그러나 '끊임없는 투쟁의 포화'는 임화적 창작평과는 인연 먼 그것이며 창작평을 작가의 실천과 분리하여 논술하는 일체의 경향과 다투는 것과 관련한 것임을 나는, 또 여기에서 말하지 않으면 안될 것이다.[80]

임화를 두고 작가의 실천과 창작평을 분리한 이원론자로 규정하고 있는데, 이 점에서만은 김남천 쪽이 당당하지만,

정치적 행위로서의 작가의 실천이 「물!」에서처럼 생리적 수준에 멈춘다면, 그것이 설사 불가피한 그리고 가장 정직한 것이라 하더라도 실천 행위의 미흡함이라 지적될 수 있다는 점에서 보면 임화 쪽이 당당한 점이라 할 수 있다. 이 두 개의 당당함의 무게를 달 수 있는 준거란 무엇일까를 묻노라면 무엇보다 중요한 것은 당시의 현실감각이다. 감옥에 가지 않은 채 있으면서 '끊임없는 투쟁과 포화'라는 진군나팔을 부는 일과 감옥에 감으로써 진군나팔 대신 자기의 생리적 고통을 드러내는 쪽을 두고, 어느 쪽이 한층 위기감을 좀더 많이 느꼈느냐를 두고 현실감각이라 한다면 김남천 쪽이 한층 현실 감각이 있었다고 볼 것이다. 그러므로 김남천이 임화가 높이 평가한 「서화」를 레닌적인 시각에서 역습한 것은 썩 중요한 의미를 갖는데, 객관적으로 보아 이 논쟁에서 판정패한 것은 임화이다. 그 때문에 자기의 이원론을 일원론으로 한층 깊이 있게 무장하지만, 다른 한편으로는 「서화」, 『고향』 등 이기영 작품의 주인공에 대한 애착과 옹호를 고집하는 쪽으로 기울게 되는데, 이 사실은 임화의 이론정립의 기본선을 이룬다. 뒷날 임화가 비평가로 자기를 세우면서 '주인공·성격·사상' 노선을 기본 노선으로 한 것에 비해 김남천이 '세태·사실·생활'로 기본노선을 삼아 대립되는 것도 문학사적 사건이라 하지 않을 수 없다.

전향의 표정

'물'논쟁이 던진 충격은 임화에게도 김남천에게도 아주 결정적인 상처였다. 표면상으로 이 논쟁을 보면 임화의 일방적 공격, 김남천의 일방적 수세로 보이지만 그 내면풍경엔 썩 미묘하고 복잡한 것이 깔려 있었다. 카프 서기장 임화로서는 볼셰비키화론을 조직체 이론의 근거로 삼은 이상, 계속 이러한 노선을 고수할 필요가 있었다. 곧 옥살이를 한 김남천의 이탈은 임화 및 카프 조직체를 난처하게 만들었는데, 그것은 카프를 문학에서 떠나버리게 하는 이론처럼 보였기 때문이다. 볼셰비키화론은 임화의 처지에서 보면 어디까지나 '문학' 속의 그것이었던 셈이다. 그럼에도 불구하고 '물'논쟁은 임화의 자존심이 허물어지는 첫 단계라 할 수 있는데, 그 이유는 김남천으로 말미암아 이론투쟁으로서의 옥살이에 대한 콤플렉스를 갖게 되었기 때문이다.

임화의 자존심이 두 번째 무너진 것은 전주사건(1934~
35)을 앞뒤로 해서이다. 어째서 전주사건에서 유독 임화와
김남천만이 빠졌을까. 김남천의 경우는 공산주의협의회사건
으로 기소되어 형집행을 마친 바 있어 전주사건에서 제외된
것은 당연한 일이어서 아무도 이에 대한 의심을 가질 필요가
없었지만, 임화의 경우는 사정이 아주 다르다.

공산주의협의회사건 때 수개월의 옥고를 치른 후 계속 건
강이 악화되어 이귀례와 이혼설이 나돌던 때(1933. 6)의 임
화는 평양의 구호자 병원에서 퇴원하여 경성 탑골승방에서
요양중이었다. 그를 찾은 기자의 기록에 따르면 "임화는 절
간 마루 위에 자리옷을 입고 앉았다가 기자를 맞는다. 미남
자라고 놀려주던 그 얼굴은 찾아볼 길이 없고 빼빼 말랐다"
[81]는 것이다. 전주사건으로 23명이 감옥에 있는 마당에 바
야흐로 임화는 병을 앓고 있었다. 백철의 기록이나[82] 뜬소
문 그대로 임화의 연기력도 출중했을 것임에 틀림없을 것이
다. 그는 「유랑」, 「혼가」 등 두 편 영화의 주연배우 노릇을 했
지 않았던가. 그렇지만 그가 심한 폐결핵 환자이고, 한쪽 폐
를 절단할 정도였음도 사실이다. 전주사건에 이어서 카프는
1935년 5월 31일 해산되었다. 당시의 서기장 임화, 문학부
의 명목상의 책임자 김기진, 실무자 김남천에 의해, 1925년
8월 23일에 결성된 카프는 만 십 년을 못 채우고 경기도 경

찰부에 해산계를 제출하기에 이른다.

전주사건으로 말미암아 두 번째로 자존심 훼손을 겪은 임화가 자기의 주체성을 세우기 위해 어떤 노력을 기울였던가를 검토해보는 일은 그의 내면풍경을 엿보기 위한 과제가 아닐 수 없다. 첫 번째 시도는 신문학사 기술이었다. 임화의 신문학사 기술은 다음 세 단계로 전개되었는데, 그 어느 단계이건 그의 위기의식, 다시 말해 주체성의 허물어짐을 막기위한 필사의 노력이었다.

첫 번째 신문학사 연구는 「이인직으로부터 최서해까지」라는 부제가 붙은 「조선신문학론 서설」[83]로서 썩 논쟁적이고 도전적인 성격을 띤 것인데, 그 이유는 신남철의 「최근 조선 문예사조의 변천」[84]에 대한 반론으로 씌어졌기 때문이다. 그러나 카프 전주사건으로 모두 감옥살이를 하는 마당에 서기장 임화는 홀로 마산에서 병치료를 하며 결혼한 상태였다. 이 글의 끝에 "올해 10월 마산 병석에서"라고 적혀 있거니와, 그는 옥살이하는 대신 혼신으로 카프의 문학사적 족보를 작성함으로써, 카프에 헌신하는 길을 찾고자 한 것이었다. 말하자면 절망적 상태를 넘어서, 세계와 자아의 조화랄까 균형감을 찾고자 하는 생물체의 본능적 현실감각의 드러냄이라 할 것이다.

두 번째 연구는 「개설 신문학사」[85]였는데, 백철은 이에 대한 기록 하나를 남기고 있다.

1940년 봄이던가, 독일공군의 런던 폭격이 격화되고 있다는 뉴스가 일간 신문의 톱을 차지하고 있을 때 어느날 저녁 나는 사에서 나오는대로 오랜만에 임화 부부의 집을 찾아간 일이 있다. (……) 임화는 신문학사를 쓰기 위하여 자료를 정리하고 있다고 했다.[86]

나아갈 길이 보이지 않을 때 사람은 뒤를 돌아보기 마련이며, 스스로를 정리함이 보통이다. 임화가 이미 자유민주주의 및 사회민주주의의 이념이 세계사에서 파시즘 앞에 여지없이 참패하고 있는 꼴을 목도하고 절망에 빠진 것은 「시민문화의 종언」[87]에서 확인된다. 카프 문학은 현실적 의미가 없으며 다만 역사적 유물로서만 존재하는 것이었다. 이런 일은 절망이라기보다는 허탈감의 일종이다. 그러나 그의 작업은 임화 자신의 자기 정리랄까, 이 허탈감에 자기의 생물학적 균형감각을 갖추지 못하고 일단 중단되고 만다. 이인직을 거쳐 이해조·최찬식 대목에서 주저앉게 된다.

세 번째 단계가 「개설 조선신문학사」[88]인데 이는 두 번째 단계의 속편이지만, 그것을 한층 심화시켰다는 점이 지적될 수 있다. 제도적 장치로서의 근대성을 검토하고 신문학도 그러한 장치의 일종으로 파악한 것은 이른바 가치 중립성을 알게 모르게 승인한 것이며, 이 점을 한층 깊이 있게 천착해간 것이 세 번째 단계인 셈이다.

신문학사의 대상은 물론 조선의 근대문학이다. 무엇이 조선의 근대문학이냐 하면 물론 근대정신을 내용으로 하고 서구문학의 '장르'를 형식으로 한 조선의 문학이다.[89)]

임화가 우리 신문학을 조선의 '근대문학'이라 한 점이야말로 임화 세대가 우리 근대사 연구에 던진 중요성이며, 이것은 이들 세대가 결여사항으로 안고 있던 '민족문학'에 맞세울 수 있는 것이기도 하다. 임화 세대에겐 민족 주체성보다 근대성이 훨씬 직접적이고 압도적이었는데, 이것에 충실하는 일은 이들 세대로서는 어쩔 수 없는 한계이자, 또한 정직성이라 할 수 있다.

신문학사를 기술하고자 할 때, 임화를 둘러싼 압도적 힘으로서의 마법권을 근대성이라 부를 수 있는데, 이를 임화는 자기식으로 '이식문화론'이라 규정하였다. 우리 신문학사 기술에 나아갔을 때 임화를 절망케 한 것은 신문학사의 전개가 30여 년밖에 되지 않는다는 점이었다. 이 30년은 서구 문학사에 견주어보면 수백 년에 필적할 내용을 안고 있는 것이 아니겠는가. 단테라든가 보카치오에서 따진다면 3세기 또는 4세기에 해당되는 것인데, 이 엄청난 격차야말로 임화를 절망케 한 첫 번째 항목이었다. 두 번째 절망은 일본 근대문학과의 비교에서 왔다. 메이지(明治)·다이쇼(大正)·쇼와(昭和) 3대에 걸쳐 진행된 일본 근대문학은 백 년에 가까운 것이다. 이 두 가지 절망을 초래케 한 근본 원인은 물을 것도 없이 근대성 때문인데, 다르게 말하자면 근대성이란 서구 및 일본의 것이며, 우리에겐 그것이 아예 없었다는 점에 있다. 근대란 우리에겐 외래적인 것의 총칭이며, 따라서 이질적인 것의 총칭이기도 한 것이니까, 그 내용항목의 어떠함을 떠나 그 자체를 규정할 수 있는 첫 번째 근거는 '이식'이라는 개념이다. 물을 것도 없이 임화가 신문학사를 기술하고자 할 때, 첫 번째, 두 번째 절망과는 질적으로 다른 제3의 절망을 체험하지 않은 것은 아니다. 그것은 새삼 말할 것도 없이 1910년의 국권상실이다. 임화의 세대로서는 의식의 틀을 벗어날 수 없게끔 한 마법권의 형성이 바로 이 점이었다.

임화가 제기한 이러한 문제는 실상 지금도 여전히 우리 앞에 놓인 풀어야 할 과제 중의 하나라 하지 않을 수 없다. 물을 것도 없이 이 과제는 문학사의 틀을 넘어서는 것이 아니고 여전히 문학사의 직접적인 과제인 것이다. 임화는 출발점에서 그를 절망케 한 세 가지 사항을 뛰어넘을 수가 없었는데, 그중에서도 그로 하여금 조금씩 면역성을 제공해준 것은 두 번째 항목이었다. 세 가지 절망이 그로 하여금 이식문화론을 여지없이 내세우게 만들었지만 그중 두 번째 절망인 메이지 · 다이쇼 · 쇼와에 걸치는 백여 년과 30년의 대비 부분이야말로 이식문학론의 구체화를 가능케 했다. 말을 바꾸면, 이식문학론의 근거는 일본 근대문학사에 젖줄이 닿아 있는 것이며, 따라서 그가 근대성을 문제 삼을 때도 그것은 일본의 그것을 직접 · 간접적으로 가리키는 것이었다.

임화 개인에게 있어 신문학사 기술이 주체성 재건의 일종이었음은 의심의 여지가 없는데, 그것은 '물'논쟁과 전주사건이라는 두 번에 걸친 자존심 손상을 회복하려는 노력과 같은 심리적 궤도 위에 있다고 할 것이다. 리얼리즘을 내세워, 그것이 현상과 본질의 일치점을 모든 것의 기본으로 하는 헤겔주의 및 시민 계급성에 입각한 것임을 임화는 여지없이 승인하기에 이른다. 이를 두고 임화는 본격소설 또는 성격과 환경의 조화론이라 주장하였는데 이로써 자유민주주의와 사회민주주의의 차이를 몰각했던 것이다. 이 실수는 그의 무지에서도 왔지만 파시즘 앞에 노출된 소시민 임화의 계급적 한계점의 노출이기도 하였다.

1937년을 전후로 하여 전주사건의 여파로 카프 작가들이 주체 세우기에 주눅이 들어 방향을 잡지 못하고 「처를 때리고」를 쓰고 있을 때, 임화는 세계관과 창작방법론을 들고 나와 주체의 재건을 부르짖었다. 이때 임화가 지도적 이론가로서 기댄 이론은 엥겔스의 「발자크론」(1934)이었다. 임화가 마산에서 상경했을 때, 문단에는 최재서의 지성론을 비롯하여 백철의 휴머니즘론, 이헌구의 행동주의, 윤규섭의 인간론을 비롯하여 서양의 불안사조가 크게 유행하기 시작하였으며, 카프 잔당들은 전향소설을 쓰는 길을 겨우 모색하는 중이었으며, 신문잡지에서도 임화의 글이 뒤로 밀려나는 판이었다. 아무리 상처를 입었고 또 평준화가 이루어진 해체된 카프이긴 하나, 왕년의 서기장인 임화로서는 이론적인 주체성을 제시하지 않으면 안 되었다. 「발자크론」이야말로 리얼리즘론의 정통 미학으로 보였던 것이다.

그에게 엥겔스의 리얼리즘론은 바로 주체성의 재건을 의미했는데, 이처럼 임화가 주체성 재건을 주장한 또 다른 목적은 김남천의 고발문학론 비판에 있었다. 임화는 고발문학론이 현상 및 현실의 부정적 측면으로 향한 것이라고 비판하고, 고발문학론이 주체재건의 첫걸음이고 현실의 벼랑에까지 작가를 몰아세운 점에서는 그를 높이 평가하지만, 리얼리즘 수준까지 나아간 것은 아니었다고 보았다. 김남천이 자기 고발을 거쳐 관찰문학론으로 나아갔으며 루카치의 세례를 받아 리얼리즘에 대한 열망을 지녔지만 실제로는 '세태 · 사실·생활'의 도식에서 헤매었던 것이다. 이에 비해 '주인 공·성격·사상'의 도식으로 본격 소설론을 내세워 주체성 재건으로서의 리얼리즘을 문제 삼은 임화 쪽이 이론상의 우위를 확보한 것으로 평가된다. 그러나 임화가 주체성 재건을 외칠 때, 그것이 추상적 이론으로는 틀리지 않았지만, 무엇보다도 긴요한 역사적 방향성을 떠나 있었기 때문에 그에 상응하는 창작이 나올 수 없었다.

여기까지가 임화 전향의 첫 단계라면 그 두 번째 단계는 1940년을 앞뒤로 한다. 그것은 첫 번째 사상적 전향인 리얼리즘론에 이어진 것이다. 임화가 주체성 재건을 위해 리얼리즘을 제시한 것은 현실의 방향성과는 별로 관련이 없는 일종의 추상론이었다. 엥겔스의 「발자크론」을 모델로 하여 추상론을 펼친 것에 지나지 않는다. 임화가 여기서 배운 것은 1940년 현재 조선사회가 나아갈 역사적 방향으로 눈을 돌리게 하는 교훈이었다. 임화는 그것을 전체주의 방향성이라 판단한 것이었다. 즉 역사의 방향성 파악이 자기의 계층적 신조와 관련없이 성립된다고 단정해버렸던 것이다. 발자크가 왕당파의 몰락을 인식하고 시민계급의 상승을 알아차려, 그 것을 역사의 새로운 방향성으로 인식한 것과 똑같은 방식으로 임화는 이제 시민계급의 몰락을 인식하고 새로운 역사의 방향성으로 파시즘을 보고 만 것이었다. 파시즘이야말로 시민성의 덕목이던 자유민주주의 및 사회민주주의를 극복한 새 역사의 진보적 방향이라고 인식한 것이다. 그를 두고 자유민주주의와 사회민주주의 구별조차 못한다고 말하기는 쉽지만 독일과 소련의 불가침 조약을 보아버린 그로서는 당연한 인식이었을 것이다. 임화의 오류는 여기서 왔고 이는 이식문학론의 한계점이라 할 것이다.

1939년 무렵의 상황은 민족문학의 시선에서 보면 일종의 종언을 가리킴이어서 어떤 논의도 원리적으로는 성립되기 어려웠다고 볼 것이다. '문학'이 있고, 그 하위 개념으로 '민족문학'이 있는 것일까. 이렇게 물을 때 이중어 글쓰기의 지평이 열릴 수 있긴 하지만 이미 민족문학의 범주와는 거의 무관하다. (A)문학도 (B)민족문학도 동일한 문학이기에 어느 쪽이나 그 '문학적 성취'에 이르기만 하면 그만이라고 주장되기 때문이다. 이와는 달리 '민족문학=문학'의 자리에 서 있다면 사정은 크게 달라진다. 이중어 글쓰기란 그 자체가 모순이자 이율배반인 까닭이다. 여기에는 국민국가 (nation-state), 곧 '근대'라는 대전제가 걸려 있다고 볼 것이다. 이 철저한 자기민족 중심적 배타사상은 국가어(국어)만을 절대적인 것으로 상정하고 있는 만큼 그 어떤 논의도 스며들 틈이 없다. 진·선·미란 자기의 국어에만 깃들어 있어야 하기 때문에 어떤 타협도 불가능하다.

한일합방(1910)에서 비롯, 1939년 무렵에 와서야 일제는 국민국가의 언어적 행사를 한반도에 시행한 형국이었다. 실질상 조선어학회가 그동안 국민국가를 대행해온 것인데, 이 대목에 와서야 마침내 그 몫을 빼앗긴 참이었다. 조선어학회 사건이 상징적임은 이런 시선에서이다. 조선어말살정책을 문학의 처지에서 보면 국민국가 상실의 비롯됨이었다. 우리 근대문학이 그동안 '상상의 국민국가' 몫을 해왔음이 이보다 더 분명히 증거한 경우는 없다고 보아도 과언이 아니리라.

문학적 범주에서의 국가 상실이 실질적으로 도래한 1939년 전후의 상황에서 많건 적건, 또 알게 모르게 민족문학을 수행해온 우리 문인들은 어떻게 대처해야 했을까.

1938년 10월 일본의 신협극단이 「춘향전」을 서울에서 공연한 바 있었고, 이를 계기로 요란한 좌담회가 벌어졌는바, 거창한 제목 「조선문화의 장래와 현재」[90]가 그것이다. 참석자는 극작가 무라야마 도모요시(村山知義), 평론가 하야시 후사오(林房雄), 극작가 아키타 우자쿠(秋田雨雀)·장혁주, 경성제대 교수 가라시마 다케시(辛島驍), 총독부 보안과장 후루카와 가네히데(古川兼秀), 정지용·유진오·임화·이태준·김문집, 경성일보 학예부장 데라다 아키라(寺田瑛) 등이었다. 이어서 '「춘향전」 비판 좌담회'[91]에로 번져갔다.

이들 논의의 핵심은 무엇이었을까. 조선 문인은 민족적 표현주의를 질적으로 증거할 것과 동시에 '용어'에 관해서만 문제 삼은 것으로 요약된다. 민족적 정서를 표현하되 그 용어는 '일본어'로 해야 한다는 것. 김용제의 시, 김문집·장혁주의 소설, 한설야의 「대륙」(『國民新報』연재) 등이 현실로 나타났고, 『東洋之光』에선 벌써 일본어로 바뀌어 있는 상황에서 하야시 후사오와 김문집은 고료를 얻기 위해서도 이런 현상이 불가피함을 들었다. 이에 대한 반론으로 카프계 비평가 한효의 '소위 용어관의 고루성에 대하여'라는 부제로 「국문문학 문제」[92]가 씌어졌으며, 김용제는 그 반박문 성격의 글 「문학의 진실과 보편성」[93]을 썼다.

로댕의 '이중의 진실' 개념을 도입한 한효의 비판의 요점은 이러했다. 예술가에겐 내적 진실과 외적 진실이 있는바, 이 두 가지의 일치 속에 참예술이 있다는 것, 이 점에 비추어 보면 노벨상 작가 펄 벅의 『대지』는 중국을 그렸으나 그 외적 진실에 지나지 않지만, 노신의 작품은 어떠한가. 중국을 그렸으되 외적·내적 진실을 동시에 그렸기에 서로 뚜렷이 구분된다는 것이다. 한효가 설사 여기서 『대지』가 영어로 씌어졌다는 지적을 하지 않았으나, 문학적 현실이란 그 작가의 현실 속의 언어로라야 비로소 예술 작품으로 이루어질 수 있다는 것, 따라서 일본어로 쓰는 조선인의 작품이란 비현실적임을 주장한 셈이 된다.

그렇다면 누군가 있어, 가령 조선인으로서 조선 현실을 일어로 쓰는 것이 조선어로 쓰는 것만큼, 혹은 거의 버금가는 수준으로 현실적이고 자연스럽다면 어떻게 될까. 이 물음에 대해 한효의 대답은 원리적으로는 자명할 터이다. 이른바 이중어 글쓰기(bilingual writing)의 장이 열릴 수 있는 영역이 그것이다. 이효석·유진오·김사량 등의 일어 창작이, 어느 수준에서는, 이런 범주에 접근한 것인지는 논의해볼 만한 성질의 것이리라.[94]

한효에 대한 김용제의 반론은 이와는 썩 다른 방향에서 전개되었는바, 그 논의의 핵심은 '일본어＝문화어'에 놓여 있었다.

국어(일본어—인용자)는 이미 문화어여서 조선어보다 우수한 언어다. 사실상 동양에 있어 국어이며 조선에 있어서는 문자 그대로 국어다. (……)

조선의 말과 글은 그 자체가 조선 문화는 아니다. 그렇게 생각하는 것은 민족적 감정이나 정치의식에서 오는 착각이라 생각한다. 물론 조선의 문장은 조선 문화의 전통적 표현도구였지만 그것이, 그것만이 어떤 시대에도 어떠한 문화적 환경 속에서도 유일한 것이 아님을 알아야 한다.[95]

문화어와 비문화어의 구별을 설정하고 조선 작가들로 하여금 문화어인 일본어로 글쓰기를 주장하는 김용제의 논법이 문학의 진실성과는 범주가 다른 것임에 착목하고, 한효의 논법에 기울어지면서 이를 한층 섬세화한 것이 임화의 논지라 할 것이다.

  임화가 선 자리는 예술의 본래적 존재 방식에 놓여 있는 만큼, 표현의 완벽성과 미에 대한 의욕으로 설명되는 범주이다. 이런 표현의 기능적 경지는 오직 한 가지뿐이다.

  그것은 말할 것도 없이 그 작가가 날때부터 듣고 말해왔던 말, 일상살이에서 불편과 부자연스러움이 없이 할 수 있는 말이다. 작가가 이러한 언어로 자기 작품을 창작해가는 것은 결코 무슨 도덕이나 의무나 윤리의식에서가 아니라 오로지 장인의 심리에서 나온 것임을 이해해야 할 터이다.[96]

  이처럼 표현이 전부이지만 그렇기에 표현의 수단인 말은 '국경의 표지'일 수 없다. 이 정신에 대한 논지가 미진함이 드러나 있긴 하나 이러한 시선에서 임화가 쓴 논문이 「현대조선문학의 환경」[97]이다. 일본의 이름난 문학 월간지 『文藝』의 조선문학 특집에 김사량·유진오·이효석 등의 작품과 더불어 실린 임화의 이 글은 심혈을 기울인 그의 논문 「신문학사의 방법」[98]의 해설적 성격으로도 읽힌다. 그러나 이러한 관점은 오로지 문학의 수준이지 민족문학은 아니다. 민족문학으로서의 조선문학이 아니라 그냥 문학이었다.

　무엇인가를 독자에게 전하고 그로써 독자를 감동케 하고, 교화시키고자 하는 욕망, 이 욕망이야말로 실로 표현의 근원이었던 것이다. 이는 문학에 있어 알파요 오메가인 문학의 정신이다.
　이 문학하는 정신과 독자와의 관계 속에 처음으로 표현의 문제가 성립된다. 표현 수단인 언어는 정신의 표지는 아니다. 특히 한걸음 나아가 언어가 어떤 국경표지로 생각하여 떠들고 있는 논의는 빨리 성실성을 되찾을 필요가 있다.
　술병에도 물도 들어간다.
　요점은, 무엇보다 문학정신이란 어디까지나 문학의 정신이지 경찰서류는 아니라는 것.
　나는 이러한 생각이 근시안자들에게 각별히 국가 백년의 계획을 세우는 사람에게 주는 바가 있으리라 믿는다.[99]

'술병에는 물도 들어간다'는 그의 명제는 '술병에는 물만 들어간다'는 원칙에 위배되는 것이었다. 왜냐하면 술병에는 물만 들어간다고 믿는 세계가 따로 있기 때문이다. 그것이 바로 민족문학으로서의 조선문학이다. 일본어로 된, 혹은 영어로 된 조선문학이 성립될 수 있는가. 조선어가 아닌 조선문학이 성립될 수 있는가. 이 과제는 민족문학의 범위를 넘어선다. 이중어 글쓰기의 시점이 시급히 도입되지 않으면 이에 대한 평가는 어렵다.

임화의 일제말기 행적은 불분명한 점이 많다. 임화가 학예사를 경영하게 된 것은 1939년. 1938년에 조선문고로 기획하여 이듬해 1월에 첫 권『원본 춘향전』을 냈다. 출자자는 최남주. 그는 약관 30세로 사재 30만 원을 던져 조선영화사(1935)를 창설한 인물이다. 이처럼 임화는 1939년부터 해방될 때까지 말하자면 사업가로 살았는지도 모른다. 1940년에서 1942년말까지 고려영화사의 문예부 촉탁으로 있었고 군국주의 선전영화「너와 나」의 대본 교정을 했으며, 1943년에서 이듬해까지 조선영화문화연구소 촉탁으로『조선영화연감』,『조선영화발달사』등의 편집에 관여했다. 조선 반공협회 기관지『반공의 벗』에 수필「북한산맥」,「태평통」을 썼다고도 알려져 있다. 그러나 이러한 일들은 (1)영화·연극에 관련된 것이며 (2)출판사와 관련된 것이라 할 수 있으며, 이미 문학의 문제라 보기는 어렵다.

해방에서 처형까지

　8·15해방과 더불어 남한에서 최초로 조직된 문학단체는 1945년 8월 17일에 만들어진 '조선문학건설본부'이며 그 중심분자는 임화·김남천·이원조·이태준이었다. 원남동 모임에서 준비회가 만들어졌고, 이 준비회가 정식으로 한청빌딩의 문인보국회 사무실을 접수하고 조선문학건설준비회본부라는 간판을 건 것은 8월 17일이었다. 이들은 8월 18일 조선문화건설중앙협의회를 발족시켜 그 산하에 문학·미술·음악 등의 분야를 망라하는 조직체를 만들었다. 이 단체는 임화·이원조를 중심으로 하여 이태준·김남천을 포함하고 이어서 안회남·현덕 등이 중심세력을 구축한 것이다. 이 서기국에서 제시한 문화활동의 기본적 일반 방책이 제시된 것은 1945년 8월 31일이었는데 (1)일제잔재의 척결, (2)봉건적 문화 잔재, 특권계급문화 잔재 및 반민주적 지방주의 잔

재의 청산, (3)민족문화건설, (4)통일전선 등이 그 골자였으며 지방 조직체를 만들기 위한 방침이 정해진 것은 9월 5일이었다.

해방된 지 이틀 뒤인 8월 17일 30여 명의 문인들의 모임이 이원조 사회로 원남동 어떤 건물에서 있었는데, 여기에서 벌어진 사건이 다음과 같이 기록되어 있어 당시의 윤리 감각을 엿보게 한다.

이태준이 발언한 말로써 '일본놈 때도 출세를 하고 해방되어서도 또 선두에 서려 하다니, ……이럴 수 있느냐'고 하면서 그런 분자들을 빼지 않으면 자기네는 이 준비위에 참석할 수 없다고 잘라서 말하였다. 그리고 면전에서 Y (유진오—인용자)씨와 L(이무영—인용자)씨가 지적되었다. 그 때 Y씨가 한 말이 "정치인들에 비기면 우리 문학인들이 한 일은 아무것도 아닙니다. 그러나 다들 의사가 그렇다면 물러나지요"하고 퇴장하겠다는 의사를 표시했다. 내가 보기에는 그때 난처한 자리에 선 사람은 임화라고 보았다. Y씨더러 하는 말이 "따지고 보면 누구나 다 허물없는 사람이 있겠소마는 이렇게 이야기가 되고 보니 얼마동안 좀 있다가 다시 같이 일할 기회를 봅시다"하고 어물어물하는 타협안을 제시하였다. 하여튼 그렇게 하여서 Y씨

와 L씨 두 사람이 퇴장을 하고 돌아갔다.[100]

임화가 난처했다는 것은 유진오를 이 모임에 끌어들인 것이 바로 그였다는 사실을 말해준다. 8월 16일 새벽 보성전문 교수이며, 경성제대 경제연구회의 중심인물이자 문단 중심에 선 작가였던 유진오를 찾아온 사람이 바로 임화였다. 함께 일하자는 것과 청계천변에 있는 계농(桂農) 연구소로 나오라는 청이었다.

나는 임을 다시 만나자 우선 그가 조선의 정치적 현단계를 어떤 성격의 것으로 생각하고 있는가부터 물었다. 그것을 알아야 그가 구상하는 문화 운동의 성격을 윤곽이나마 파악할 수 있기 때문이다. 그랬더니, 임화는 '물론 부르주아 민주주의 혁명이지'하고 언하에 대답하였다. (……) 그러자 그 자리에 최용달 군이 나타났다. 문화 운동의 최고 책임자인 임화에게 지령을 내리는 사람이 결국 최용달 군이었던가. 나는 의외라는 생각과 당연하다는 생각이 동시에 들었다.[101]

양심에 관련되는 일이어야 할 것이 만인 앞에서 모욕주기의 형태로 드러났을 때, 그것은 일종의 정치적 감각이라 규정될 수 있을 것이다. 비판하는 이태준의 논법이나, 그를 감싸주는 임화의 논법 모두 정치적 감각의 소산이라 보아야 할 것이다.

이에 비해 1945년 12월에 있었던 「문학자의 자기비판」이라 불리는 봉황각 좌담회는 보다 깊은 내면적 양심을 드러내주고 있어 인상적이다. 이 좌담회엔 김남천·이태준·한설야·이기영·김사량·이원조·한효·임화 등이 참석했는데, 이 좌담회의 기본 태도는 한효의 발언에서 잘 드러나 있다. 곧 조선사람치고 일본에 협력적인 태도를 취하지 않은 사람은 "없다 해도 무방할 것이며, 따라서 과거를 조금도 감춤없이 준열한 자기비판을 한다는 것은 결코 불명예스런 일이라 할 수도 없다"[102]는 것이다.

이 좌담회에서 주목되는 것은 임화의 다음과 같은 양심선언이다. 해방 문단의 첫 과제가 문인의 자기반성이라 할 때, 남을 비판하는 일이나 자기변명에 멈추지 않고, 어느 정도 양심선언의 원칙론을 제시한 것이라 할 수 있다. 워낙 문제적인 인물인 그인지라 적어도 그 나름의 자기비판은 불가피했으리라.

　자기비판이란 것은 우리가 생각던 것보다 더 깊고 근본적인 문제일 것 같습니다. (……) 그런데 자기비판의 근거를 어디 두어야 하겠느냐 할 때 나는 이렇게 생각합니다. 물론 그럴 리도 없고 사실 그렇지도 않았지만 이것은 단순한 예를 들어 말하는 것인데, 가령 이번 태평양 전쟁에 만일 일본이 지지 않고 승리를 한다. 이렇게 생각해보는 순간에 우리는 무엇을 생각했고 어떻게 살아가려 생각했느냐고. 나는 이것이 자기비판의 근원이 되어야 한다고 생각합니다. 이 때 만일 '내'가 일개 초부로 평생을 두메에 묻혀 끝맺자는 것이, 한 줄기 양심이 있었다면 이 순간에 '내' 마음속 어느 한 구퉁이에 강잉히 숨어 있는 생명욕이 승리한 일본과 타협하고 싶지 않았던가? 이것이 '내' 스스로도 느끼기 두려웠던 것이기 때문에 물론 입밖에 내어 말로나 글로나 행동으로 표시되었을 리 만무할 것이고 남이 알 도리도 없는 것이나 그러나 '나'만은 이것을 덮어두고 넘어갈 수 없는 이것이 자기비판의 양심이 아닌가 하고 생각합니다. 이럼에도 불구하고 이 결정적인 한 점을 덮어둔 자기비판이란 하나의 허위나 가식이라고 생각합니다. 그러기에 우리가 모두 겸허하게 이 아무도 모르는 마음의 '비밀'을 솔직히 터 펴놓는 것으로 자기비판의 출발점을 삼아야 한다고 생각합니다.[103]

이러한 발언은 특정인의 것이 아니고 원칙론에 관한 것이어서, 봉황각 좌담회 전원의 동의를 얻고 있다. 불행히도 이러한 원칙론이 내면화되어 작품화된 경우는 거의 없었는데, 이 사실은 내적 고백형식의 전통이 빈약한 우리의 지적 풍토와 관련이 없지는 않겠지만, 그보다는 정치에 문학이 휩쓸리지 않을 수 없었던 해방공간의 좌우익 투쟁에 더 큰 이유가 있다.

문인의 양심선언에 대한 원칙론만 확인되고 그 구체적인 산물이 나오기도 전에, 문인은 민족문학 건설이라는 커다란 사명감 앞에 전면적으로 드러나게 되었는데, 그 구체적 양상은 1946년 2월 8일과 9일 이틀간에 걸친 전국조선문학자대회였다. '조선 민족문학 수립 만세'라는 현수막을 내걸고 종로 기독교회관에서 열린 이 대회만큼 감격스런 모임은 해방공간에서 없었다. 이 대회의 중심단체는 이른바 임화 · 이태준 · 김남천 중심의 조선문학가동맹이며, 이 대회에는 두 가지 단체, 즉 한설야 중심의 프로예술동맹과 박종화 중심의 중앙문화협회가 불참하였다. 그럼에도 불구하고 이 대회의 의의는 다음 몇 가지로 요약된다. 첫째 문학의 목표가 (1)일제잔재의 소탕, (2)봉건적 잔재 청산, (3)국수주의 배격, (4)진보적 민족문학의 건설, (5)국제문학과의 제휴임을 선언했다는 점. 둘째 조선문학가동맹이라는 명칭을 사용하기로 확정한 점. 셋째 조선문학가동맹 집행위원을 확정한 점.

중앙집행위원장에 홍명희, 부위원장에 이기영·한설야·이태준 3명을 뽑았으나, 이기영·한설야는 처음부터 참석하지 않았으며, 실질적인 책임자는 임화와 이태준 등 22명이었다. 이들은 기관지 『문학』을 발간하여 8호(1948년 7월)까지 이끌어갔으며 『우리문학』, 『신문학』 등도 그 나름의 기관지 몫을 하였다.

이 대회에서 표나게 내세운 것은 민족문학이었으며, 그것을 위한 창작방법론은 진보적 리얼리즘이었다. "혁명적 로맨티시즘을 계기로 내포한 것"[104]을 두고 진보적 리얼리즘이라 규정했는데, 이것은 그들이 내세운 큰 목표가 "진보적 민주주의 건설"이었기 때문이다. 이러한 진보적 리얼리즘은 일종의 절충적인 것으로 박헌영의 8월 테제에 대응된다. 8월 테제란 1945년 9월의 현단계에서 남로당이 짜낸 지혜이며 부르주아 민주주의를 가리킨다.

문학가동맹이 남로당의 외곽단체였다는 사실은 해방공간의 문학적 현실인식에 있어 기본항 가운데 하나이다. 박헌영이 월북한 것은 1946년 10월이었으며, 평양에 머물면서 해주에다 전초기지를 만들어 남로당을 총지휘하였다. 해주 제1인쇄소가 그 전초기지였는데, 여기서 『민주조선』, 『인민조선』 등의 선전물을 만들어 서울로 밀송하였다. 그리고 이 인쇄소의 중요인물은 박승원·박치우·이태준·이원조·임화 등이었다. 이 거점이 6·25 때까지 지속된 것으로 알려져 있다. 이보다 조금 앞서 서울에서는 문학가동맹의 기관지 『문학』이 1946년 7월에 창간되었는데 발행 및 편집자는 이태준이었다. 이태준은 제2호(1946. 11)가 나왔을 때 이미 월북한 바 있다. 이원조 역시 "떠나 올 때 여러분을 만나지도 못하고 와서도 소식 전치 못하였습니다"[105]라는 안부 연락을 해놓고 있다. 임화를 포함한 이들 중심분자들이 월북한 것은 1947년 가을 경으로 추정된다. 이런 사실로 미루어보면, '민주주의민족전선'(이하 민전으로 약칭)을 외곽단체로 한 이들 남로당은 10월 인민항쟁을 계기로 서서히 북조선기지로 옮겨갔음이 판명된다. 문학가동맹은 1947년 가을을 고비로 그 중심부가 해주로 옮겨졌으며, 서울의 그것은 분국과 같은 처지에 있었음이 드러난다.

임화의 정치적 노선이 분명해진 것은 1946년 2월 15일에 결성된 민전에서이다. 조선문학가동맹이 주도한 조선문학자대회를 치른 지 6일 만에 결성된 민전의 조직에서 임화는 기획부 차장, 이원조와 김기림은 선전부장, 이태준은 문화부장의 지위에 오른다. 이로 보면 임화·이태준 등이 얼마나 깊숙이 남로당의 정치적 문제에 관여했는지 확인할 수 있다. 문학예술운동이 당의 하위조직 운동이며 정치의 나사못이라는 레닌의 『당조직과 당문학』의 이념을 상기한다면 임화 등의 문학자가 민전에 관여하는 것은 너무도 당연한 일이 아닐 수 없다. 그 연장선상에서 임화는 10월 인민항쟁의 영웅들의 영웅적 투쟁을 두고 다음과 같이 노래할 수 있었다. 이는 문학예술의 레닌주의적 실천의 한 가지 사례라 할 만한 것이다.

사랑하는 전우여 여기는 기관구의 경비선
남조선 철도 총파업투쟁 사령부가 있는 곳
전선 철도 노동자의 온갖 명예가 걸려 있는
아아 적과 더불어 싸워서 죽을 영광이
가는 곳마다 흩어져 있는 우리들의 전구(戰區)여

침입하는 모든 적에게
잔인한 운명을 선사하고
발자국마다를
야수들의 피의 또랑을 만들자
기관구는 우리들의 불멸한 성곽이리라.
•「우리들의 전구」 일부

물론 임화는 그 유명한 「인민항쟁가」를 비롯 「해방조선의 노래」, 「인민의 소리」, 「민애청가」 등의 가사 작품을 남겼는데, 임화의 시가가 노래로 널리 불릴 수 있었던 것은 김순남·안기영 등의 뛰어난 작곡가의 힘도 컸지만 임화다운 시가의 특이성에서 그 효과가 달성된 것으로 볼 것이다.

임화의 이러한 태도는 8·15 직후부터 거의 확고한 것으로 보인다. 임화가 시를 통해 자기가 나아갈 길을 분명히 드러낸 최초의 작품은 유명한 「9월 12일」이다. '1945년, 또다시 네거리'에서라는 부제를 단 이 작품에서 말하는 '9월 12일'이란 서울에서 조선인민공화국 수립과 조선 공산당 재건 경축 시가행진이 벌어진 날이다.

조선 근로자의
위대한 수령의 연설이
유행가처럼 흘러나오는
마이크를 높이 달고

부끄러운
나의 생애의
쓰라린 기억이
포석(鋪石)마다 널린
서울 거리는
비에 젖어

아득한 산도
가차운 들창도
현기로워 바라볼 수 없는
종로 거리

저 사람의 이름 부르며
위대한 수령의 만세 부르며
개아미마냥 모여드는
천만의 사람

어데선가
외로이 죽은
나의 누이의 얼굴
찬 옥방(獄房)에 숨지운
그리운 동무의 모습
모두 다 살아오는 날
그 밑에 전사하리라
노래부르던 깃발
자꾸만 바라보며

자랑도 재물도 없는

두 아이와
가난한 안해여

가을비 차거운
길가에
노래처럼
죽는 생애의
마지막을 그리워
눈물짓는
한 사람을 위하여

원컨대 용기이어라.
• 「9월 12일」 전문

　이른바 '네거리의 순이' 계열에 속하는 이 작품만큼 해방 직후의 임화의 내면풍경을 선명히 드러낸 것은 달리 찾기 힘들다. '네거리의 순이'란 실상 임화의 서정적인 자아의 핵심인 까닭에 '네거리'와 '순이'란 이름만 나와도 가슴 설레게 되어 있다. 임화에게 있어 '네거리'란 막바로 서울의 종로 네거리를 가리킴이며 '누이'란 말할 것도 없이 두 아내와 어머니로 표상되는 여성적 편향성을 가리킴이다. 이 누이는 1920

년대에는 근로하는 여공으로 노동운동에 몸바쳤고, 1930년
대에는 옥중에 있었고 40년대에는 옥사하고 없다. 곧 이 서
정적 자아는 임화 자신의 내면 자체였던 것이다. 있어야 할
누이가 없는 종로 네거리에 바야흐로 인민공화국 수립 경축
시가행진이 벌어지고 있는 9월 12일에 시인은 죽고 없는 누
이를 보는 것이 아니라 '죽고 없는' 스스로의 모습을 보았던
것이다. 시인 자신의 죽음을 눈물짓는 참회의 밑바닥에까지
이르렀을 때 비로소 새시대를 살아갈 결의가 가능하였다. 그
것은 커다란 용기가 아닐 수 없었다. 시인은 지금 서울 거리
의 1만 명을 헤아리는 참여 군중 속을 걸으며, 제발 용기를
달라고 애원하고 있다. 스스로 용기를 낼 만큼 그는 뻔뻔할
수 없었다. 용기를 낼 수 있는 계기를 그는 간절히 원하고 있
었던 것이다. 임화에게 있어 그 계기는 문건 조직, 조선문학
가동맹의 창설이고, 마침내 민전에의 참여로 나타났다. 그는
「길―지금은 없는 전사 김치정 동무에게」(1945. 11)를 쓰고
「발자욱」(1945. 11)을 쓰고 조선 청년단체 총연맹 결성대회
에 「헌시」(1945. 11)를 바쳤고, 「학병 돌아오다」(1946. 1)를
썼고, 이어서 삼청동 학병회관의 희생자(1946. 1. 19)를 위
한 「초혼」(1946. 1. 28)을 썼다. 메이데이를 위해 「나의 눈
은 핏발이 서서 감을 수 없다」(1946. 5. 1), 「손을 들자」
(1946. 5), 「깃발을 내리자」(1946. 5. 19), 「제사」(1946. 5.

6), 「청년의 6월 10일로 가자」(1946. 6. 9), 「계관시인―옥중의 유진오군에게」(1946. 9. 5), 「우리들의 전구」로 치달았으며, 마침내 이러한 계기찾기의 종착역은 다음 시로 마감된다. 도무지 시제목일 수도 없는 「박헌영 선생이시어 『노력인민』이 나옵니다」(1947. 6. 16)가 그것.

> 모든 사람이
> 당신이고
> 모든 사람이
> 당신이 아닌
>
> 신록 푸른
> 서울 거리에
>
> 우리는
> 바람 결마다
> 당신의 모습을
> 느낍니다.
> • 「박헌영선생이시어 『노력인민』이 나옵니다」 일부

허헌이 「창간사」를 쓰고 박헌영이 「창간에 제하여」를 쓴

『노력인민』은 임화가 "원컨대 용기이어라"라고 간절히 소망한 그 용기의 절정이라 할 만하다. 그가 당원이 아니어서 역사를 오판하여 전향했던 과거에 대한 아픈 뉘우침이었다. 그토록 간절히 소망한 것은 해방조국에의 참여였으며, 그것은 소련과 남로당이었고, 그런 정치에의 참여였다. 비록 카프 서기장 경력을 가졌으나 전향하여 한갓 시인으로 또 평론가로 살아온 굴욕적인 삶의 굴레에서 벗어나기 위해서는 얼마나 큰 용기가 필요했으랴. 전향이란 그에게는 "부끄러운/나의 생애의 쓰라린 기억"이 아닐 수 없었다. 그렇지만 이러한 "부끄러운 기억"을 만천하에 드러내어 읊은 시인은 임화밖에 없었다. 그가 진짜 시인이었기 때문이다. 시인이란 자기 내면을 응시하는 사람이며 그러한 상태를 지속하는 때까지만 그는 시인이다. 자기응시에서 조금이라도 일탈되면 그는 시인에서 벗어나 정치 속으로 뛰어들게 된다. 해방공간에서 임화가 시인으로 존재했던 기간은 '9월 12일'까지였다. 이 기간을 지나자마자 그는 시인이면서 시인이 아니었다. 박헌영의 대변인에 지나지 않았다. 실상 따지고 보면 임화가 용기를 달라고 하늘에다 대고 호소했던 것은 남로당 대변인이 되고자 하는 염원에 다름 아니었다. 이로부터 임화의 운명은 결정되었던 것이다. 박헌영·이승엽과 일련탁생적인 운명공동체가 되어버렸기 때문이다. 이승엽·박헌영의 죽음은 임화의 죽음이었고, 임화의 죽음은 저절로 박헌영에 연결된 것이었다.

임화의 월북은 1947년 가을이었다. 남로당이 불법단체로 규정되고 『노력인민』이 더 이상 나올 수 없게 된 1947년 8월 15일이야말로 임화에게는 "원컨대 용기이어라"의 두 번째 관문이었다. 그것은 '네거리의 순이'를 버리는 일의 직접적 계기를 이루었다. 서울을 떠난다는 것은 서울 낙산 밑에서 자랐던 가출아이자 서울 토박이 임화에게는 정서의 뿌리와의 결별을 새삼 확인하는 일이 아닐 수 없었다. 임화의 시는 '1945년 9월 12일'에 딱 정지되었던 것이고 그 뒤로는 한갓 혁명가였다.

혁명가란 무엇인가. 그는 역사를 만드는 부류이자 파괴분자이기도 하다. 전술 전략 개념을 몸에 익혀 그대로 행동하면 그 행동의 민첩성이 그대로 정당한 권력의 노선이 된다. 만일 임화가 그러한 길을 충실하게, 그러니까 날카롭게 헤쳐 나갔더라면 그는 그의 운명과 마주치지 않아도 좋았을 것이다. 그러나, 실로 어리석게도 그는 '다시' 시인이 되고자 했다. 6·25였다. 인민군 탱크를 따라 서울에 입성하는 순간 임화는 저도 모르게 '시인'으로 환원되고 말았던 것이다. 그는 종로 네거리에 섰고, 거기서 그의 운명의 얼굴, '네거리의 순이'를 보고 만 것이었다.

남은
원쑤들이 멸망하는
전선의 우룃소리는
남으로 남으로 멀어가고

우리 공화국의 영광과
영웅적 인민군대의
위훈을 자랑하는
무수한 깃발들

수풀로 나부끼는
서울 거리는
나의 고향
잔등의 채찍을 맞으며
사랑한 우리들의 수도다.
• 「서울」 일부

　인민군 탱크가 서울 종로를 캐터필러 소리 요란히 내며 굴러간 것은 1950년 6월 28일이었다. 서울 동숭동 낙산 밑에서 자란 임화, 그는 지금 그 네거리의 종로바닥으로 돌아온 것이었다. 드디어 돌아온 것인데, 1947년 11월의 월북으로

부터 만 2년반 만의 일이었다. 그에게 있어 서울은 고향이자 그 이상의 환상적 장소이고 동시에 세상 어느 곳보다 구체적인 현실의 장소였다. 종로 거리, 골목담 길 하나하나에 그의 발길 안 닿는 곳은 없었다. 그 서울에 돌아온 것이었다. 그는 말할 것도 없이 시인으로 되돌아왔다. 인민군 문화 공작대의 자격으로 서울에 입성한 것이 아니라 시인으로 재탄생하기 위해 그가 왔던 것이다. 아니, 서울이 그로 하여금 시인이 되게끔 강요하였다. 이는 운명이다. 운명을 그 누가 감히 거역하랴.

시인이란 무엇인가. 그의 운명을 보는 사람이다. 운명이란 또 무엇이겠는가. 자기가 살아온 삶의 실체를 확인할 때 드러나는 어떤 감각 혹은 힘이 아니겠는가. 그가 다음과 같이 노래할 때, 그 감각은 드러나게 된다. 그도 어쩌지 못하는 힘이었다.

이마를 가려
귀밑머리를 땋기
수집어 얼굴을 붉히던
너는 지금 이
바람 찬 눈보라 속에
무엇을 생각하며

어느 곳에 있느냐

머리가 절반 흰
아버지를 생각하여
바람 부는 산정에 있느냐
가슴이 종이처럼 얇아
항상 마음 아프던
엄마를 생각하여
해 저므는 들길에 섰느냐
　•「너 어느곳에 있느냐」 일부

　이는 시인의 목소리이고, 시인만의 목소리가 아닐 수 없다.
　1950년 7월 서울에 온 임화는 문화연맹의 간부였으며 이
태준·김남천과 더불어 낙동강 전선으로 종군한 임화는 다
시 서울에 와 머물다가 9월 서울을 버리고 후퇴하는 인민군
을 따라 평양을 거쳐 "절벽으로 첩첩한 산과/천리 장강이 여
울마다 우는" 자강도 깊은 산골에서 「너 어느곳에 있느냐」를
썼다. 그리고 「바람이여 전하라」와 「흰눈을 붉게 물드는 나의
피우에」를 시집 『너 어느곳에 있느냐』(1951) 말미에다 실었
다. 이 두 작품은 뒷날 한설야의 심복부하인 비평가 엄호석
에 의해 비판받은 것으로 임화의 운명과 관련된 작품이다.

산을 넘어
들을 지나 강을 건너
어느 곳에나 자유로이
불어가는 바람이여

악독한 원쑤의 손에
사랑하는 남편과 어린것들과

그밖에 살아 있는 모든 것을 잃어
홀로 망연한 어머니들에게

불붙는 휘발유와
쏟아지는 총탄 폭탄 속을
집과 낟가리와 마을까지를 잃고
바람 속에 섰는 어머니들에게

또한 참을 수 없는 오욕 속에선
차라리 죽엄을 결심한
우리 순결한 어머니들에게
반드시 반드시 전하여달라
• 「바람이여 전하라」 일부

시집 『너 어느곳에 있느냐』는 휴전을 앞둔 북조선에서 안전할 수 있었던가. 6·25 남침은 결국 실패하고 만 것이었음을 휴전제의로 천하에 드러낸 셈이 아니었던가. 김일성이 이 전쟁 실패의 책임을 일제봉기를 조종하지 못한 남로당에게 전가하였음은 역사가 잘 말해주는 바이다. 엄호석을 앞세운 구카프계의 맹장 한설야의 정치적 공격이 시작된 것은 임화의 운명과 임화로 대표되는 남로당 문화 담당자들의 운명에 직결된 것이기도 했다. 그가 조소문화협회 부위원장 자격으로 1951년 4월 22일 소련을 방문한다거나 1952년 4월 15일 김일성의 40회 생일을 맞아 「40년」이라는 시를 쓰는 등 서울 중심주의를 포기했다손 치더라도[106) 변경할 수 없는 사건이었다.

임화는 그의 시 「너 어느곳에 있느냐」, 「바람이여 전하라」 등에서 "종잇장처럼 얇아진" 가슴을 조리며 애처러이 전선에 간 자식을 생각하는 어머니와 아버지의 형상을 그림으로써 영웅적 투쟁에 궐기한 우리 후방 인민들을 모욕하고 그들에게 패배주의적 감정과 투항주의 사상을 설교하였으며……. [107)

이것이 비극의 실마리였다. 이를 두고 북로당이 남로당을 숙청하는 구실이라고 말하는 것은 옳지 않다기보다는 정확하지 않다. 임화의 실수랄까 비극적 운명은 그가 시인으로 환원한 곳에 있었던 것이다. 그는 「인민 항쟁가」의 균형감각을 유지하는 선에서 멈추어야 했다. 그러나 6·25는 그를 「네거리의 순이」 계열로 되살려놓았다. 그는 그도 모르게 온전한 시인으로 되돌아갔다. 이처럼 위험한 일은 없다. 그는 자신의 운명을 보고 있었다. 운명을 응시하며 종로 거리에 서 있었다. 스스로의 운명을 응시하며 종로 네거리에 서 있는 중년의 사나이를 해칠 그 어떤 무기도 없는 법이라고 그는 굳게 믿고 있지 않을까. 그 때문에 1953년 8월 6일, 조선민주주의 인민공화국 최고재판소 군사재판부 재판장 김익선 소장이 임화를 두고 "형법 제78조 및 형법 제65조 1항에 의하여 사형, 형법 제76조 2항에 의하여 사형, 형법 제68조에 의하여 사형을 각각 량정하고 형법 제50조 1항에 의하여 형법 제68조의 사형에 처한다. 그에게 속하는 전부의 재산을 몰수한다"고 한 것은 임화에겐 아무런 의미도 없다. 그는 시인이었던 것이다. 누가 시인을 단죄할 수 있으랴.

주

1) 임화, 「작가단편 자서전」, 『삼천리문학』, 1938. 1, 260쪽, 261쪽.

2) 김윤식, 『임화연구』, 문학사상사, 1989 부록.

3) 임화, 「어떤 청년의 참회」, 『문장』, 1940. 2, 22쪽.

4) 같은 글, 24쪽.

5) 『매일신보』, 1926. 1. 1.

6) 『매일신보』, 1926. 2. 7.

7) 『매일신보』, 1926. 3. 7.

8) 『매일신보』, 1926. 4. 4, 10.

9) 『매일신보』, 1926. 5. 23.

10) 『매일신보』, 1926. 6. 13.

11) 『매일신보』, 1926. 10. 3.

12) 『조선일보』, 1926. 11. 22~24.

13) 『매일신보』, 1926. 4. 16.

14) 『매일신보』, 1926. 10. 10.

15) 『매일신보』, 1926. 12. 19.

16) 『조선일보』, 1927. 1. 2.

17) 『조선일보』, 1927. 1. 2.

18) 『조선일보』, 1927. 1. 31.

19) 『조선일보』, 1927. 1. 31.

20) 『조선일보』, 1927. 3. 8.

21) 『조선일보』, 1927. 5. 8.

22) 임화, 「정신분석학을 기초로 한 계급문학의 비판」, 『조선일보』, 1926. 11. 24.

23) 『조선일보』, 1926. 12. 4~24.

24) 『조선일보』, 1926. 12. 27~28.

25) 『조선일보』, 1927. 2. 1~7.

26) 『개벽』, 1926. 1~2.

27) 임화, 「어떤 청년의 참회」, 24쪽, 25쪽.

28) 『조선일보』, 1933. 1. 21.

29) 임화, 「어떤 청년의 참회」, 24쪽.

30) 『조선일보』, 1927. 3. 30~4. 2.

32) 『조선일보』, 1927. 5. 15~21.

32) 『조선일보』, 1927. 9. 4~11.

33) 『조선일보』, 1927. 11. 20~24.

34) 박영희, 「투쟁기에 있는 문예 비평가의 태도」, 『조선지광』, 1927. 1.

35) 김기진, 「나의 회고록」, 『세대』, 1968. 11, 143쪽.

36) 르네 지라르, 김윤식 옮김, 『소설의 이론』, 삼영사, 1977 참조.

37) 임화, 「어떤 청년의 참회」, 24쪽.

38) 임화, 「문화와 전개」, 『조선일보』, 1927. 5. 21.

39) 같은 글.

40) 『동아일보』, 1929. 4. 14~20.

41) 『문예공론』, 1929. 6.

42) 『조선문예』, 1929. 5.

43) 임화, 「시인이여! 일보 전진하자!」, 『조선지광』, 1930. 6.

44) 『조선지광』, 1929. 8.

45) 같은 글, 94쪽, 95쪽.

46) 『조선지광』, 1928. 1.

47) 『조선일보』, 1928. 1. 1.

48) 『조선일보』, 1928. 11. 22~29.

49) 『조선지광』, 1928. 11~12.

50) 『동아일보』, 1928. 1. 17.

51) 『조선일보』, 1928. 1. 22.

52) 『동아일보』, 1928. 4. 1.

53) 이종명, 「유랑」, 『중외일보』, 1928. 1. 24.

54) 유현목, 『한국영화발달사』, 한진출판사, 1980, 103쪽.

55) 『동아일보』, 1928. 5. 27.

56) 『동아일보』, 1929. 6. 20.

57) 『조선지광』, 1929. 2, 85~87쪽.

58) 『매일신보』, 1942. 6. 28~30.

59) 김윤식, 「한국시의 여성적 편향」, 『근대한국문학연구』, 일지사, 1973 참조.

60) 김윤식, 「임화연구」, 『한국근대문예비평사연구』, 일지사, 1976 부록 참조.

61) 『조선지광』, 1929. 1.

62) 『조선지광』, 1929. 4.

63) 일기자, 「시인 임화의 부부는 그 뒤 어찌 되었나」, 『조선문단』, 1935. 7, 205쪽.

64) 『조선일보』, 1932. 1. 7.

65) 윤학준, 「나카노 시게하루의 자기비판」, 『新日本文學』, 1979. 12, 145쪽.

66) 『예술운동』, 창간호, 29쪽.

67) 『무산자』, 1928. 5.

68) 『조선지광』, 1929. 9.

69) 『三千里』, 창간호, 77쪽.

70) 김남천, 「10년전」, 『박문』, 1939. 10.

71) 같은 글, 28쪽.

72) 『조선지광』, 1929. 2, 85쪽(『김팔봉문학전집』 3, 문학과지성사, 1989, 528쪽에서 재인용).

73) 『조선일보』, 1932. 1. 7.

74) 『문장』, 1940. 2.

75) 김남천, 「임화에 관하여」, 『조선일보』, 1933. 7. 25.

76) 『조선일보』, 1932. 1. 7.

77) 안막, 「조선프롤레타리아 예술운동사」, 『사상월보』, 1932. 10.

78) 『중외일보』, 1930. 6. 28.

79) 『대중』, 1933. 6.

80) 김남천, 「임화적 창작평과 자기비판」, 『조선일보』, 1933. 8.

81) 『조선문단』, 1935. 7.

82) "임화는 자기 신변이 위급해질 때는 일부러 졸도를 하는 조화를 부렸다. 그때만 해도 일경들이 임화를 검거해 가지고 경성역까지 나왔는데 역전에서 갑자기 쓰러져 졸도를 했기 때문에 연행을 하지 못하고 역전에 있는 세브란스 병원에 입원을 시키고 경관만 전주로 내려왔다는 것이다." 백철, 『문학자서전』 상, 박영사, 1975, 313쪽.

83) 『조선중앙일보』, 1935. 10. 9~11. 13.

84) 『신동아』, 1935. 9.

85) 『조선일보』, 1939. 9. 1~12. 27.

86) 백철, 『문학자서전』 하, 60쪽.

87) 『매일신보』, 1940. 1. 6.

88) 『인문평론』, 1940. 11~1941. 4.

89) 임화, 「신문학사의 방법」, 『동아일보』, 1940. 1. 13.

90) 『경성일보』, 1938. 11. 29~12. 8.

91) 『テアトル』, 5~12.

92) 『경성일보』, 1939. 7. 13~19.

93) 『경성일보』, 1939. 7. 26~8. 1.

94) 김윤식, 「조선인의 일어창작론」, 『한일 근대문학의 관련양상 신
론』, 서울대학교출판부, 2001 참조.

95) 『경성일보』, 1939. 7. 27.

96) 임화, 「말을 의식한다」, 『경성일보』, 1939. 8. 16.

97) 『文藝』, 1940. 7(김윤식 옮김, 『문예중앙』, 1992 가을호에서 재
인용).

98) 『동아일보』, 1940. 1. 13~20.

99) 임화, 「말을 의식한다」, 『경성일보』, 1939. 8. 20.

100) 백철, 『문학자서전』 하, 300쪽.

101) 유진오, 「편편야화」, 『동아일보』, 1974. 5. 4.

102) 『인민예술』, 1946. 10.

103) 같은 글, 44쪽.

104) 김남천, 「새로운 창작법에 관하여」, 『건설기의 조선문학』, 164쪽.

105) 『문학』 3호.

106) 김재용, 「한국전쟁과 임화」, 『작가연구』 10호, 2000, 367~386쪽.

107) 『조선문학통사』, 1959, 248쪽.

임화 연보

1908년(1세)	서울 낙산 기슭에서 10월 13일 태어남. 가문의 이력이나 가족 상황에 대해서는 거의 알려진 것이 없음. 본명은 임인식(林仁植).
1921년(14세)	보성중학에 진학. 이강국 · 이헌구 · 유진산 등이 동기.
1925년(18세)	보성중학을 중퇴하고 가출.
1926년(19세)	시와 수필 등을 『매일신보』와 『조선일보』 등에 발표하기 시작함. 필명은 성아(星兒).
1927년(20세)	임화(林和)라는 필명을 사용하기 시작함. 카프 가맹. 아나키즘 논쟁 참여.
1928년(21세)	영화 「유랑」, 「혼가」 등의 주연배우를 맡음. 카프 중앙위원이 됨.
1929년(22세)	「네거리의 순이」, 「우리 오빠와 화로」 등 단편 서사시 계열의 작품 발표. 도일.
1930년(23세)	무산자사에서 이북만 · 김남천 · 안막 · 한재덕 · 김두용 등과 활동.
1931년(24세)	귀국. 볼셰비키화를 주장하며 카프의 헤게모니를 장악. 이북만의 동생 이귀례와 결혼. 카프 일차 검거로 투옥, 9월경 불기소로 석방.

1932년(25세)	카프 서기장이 됨(4월). 카프 기관지인 『집단』의 책임편집을 맡았으나 발간은 하지 못함.
1933년(26세)	김남천과 물논쟁을 벌임.
1934년(27세)	카프 이차 검거(전주사건)가 일어났으나 폐결핵으로 검거 모면. 이귀례와 헤어짐. 형양, 서울의 탑골 승방 등을 떠돌며 요양.
1935년(28세)	경기도 경찰부에 카프 해산계 제출(5. 21). 마산으로 요양하러 내려감(8월). 이현욱(소설가 지하련)과 재혼. 「조선신문학사론 서설」 발표.
1936년(29세)	기교주의 논쟁 참여.
1937년(30세)	학예사 운영.
1938년(31세)	첫시집 『현해탄』 발간
1939년(32세)	「개설 조선 신문학사」 연재 시작.
1940년(33세)	이식문화사론을 정식화한 「조선문학 연구의 과제」 발표. 고려영화사 문예부 촉탁에 취임(~1942년). 평론집 『문학의 논리』(학예사) 발간.
1943년(36세)	조선영화문화연구소 촉탁에 취임(~1944년).
1945년(38세)	조선문학건설본부 서기장. 조선문학가동맹 중앙집행위원.
1946년(39세)	조선문학가동맹 주최 제1회 조선문학자대회에서 「조선 민족문학 건설의 기본과제에 관한 일반보고」 발제. 조선문화단체 총연맹 부위원장.
1947년(40세)	제2시집 『찬가』 발간. 『회상시집』 발간. 월북. 해주 제1인쇄소에서 일함. 조소문화협회 중앙위원회 부위원장.
1950년(43세)	6·25전쟁 참전. 조선문화총동맹 부위원장.

1951년(44세) 시집 『너 어느 곳에 있느냐』 발간.

1953년(46세) 조선민주주의 인민공화국 정권 전복 음모와 반국가
적 간첩 테러 및 선전선동 행위에 대한 사건으로 사
형이 집행됨(8월).

작품목록

제목	게재지 · 출판사	연도
■시		
무엇 찾니	매일신보	1926. 4. 16
서정소시	매일신보	1926. 10. 10
향수(민요)	매일신보	1926. 12. 19
설	조선일보	1927. 1. 2
혁토	조선일보	1927. 1. 2
초상	조선일보	1927. 1. 31
선시	조선일보	1927. 1. 31
혼광의 아들	조선일보	1927. 3. 8
화가의 시	조선일보	1927. 5. 8
지구와 박테리아	조선지광	1927. 8
담—1927	예술운동	1927. 11
젊은 수라의 편지	조선지광	1928. 4
네거리의 순이	조선지광	1929. 1
우리 오빠와 화로	조선지광	1929. 2

어머니!	조선지광	1929. 4
봄이 오는구나	조선문예	1929. 5
다 없어졌는가	조선지광	1929. 8
병감에서 죽은 녀석	무산자	1929. 8
우산받은 요꼬하마의 부두	조선지광	1929. 9
양말속의 편지	조선지광	1929. 9
제비	조선지광	1930. 6
오늘밤 아버지는 퍼렁이불을 덮고	제일선	1933. 3
한톨의 벼알도	동아일보	1933. 9. 28
세월	문학창조	1934. 6
암흑의 정신	청년조선	1934. 10
네거리의 순이	삼천리	1935. 3
주리라	중앙	1935. 7
다시 네거리에서	조선중앙일보	1935. 7. 27
낮	삼천리	1935. 8
꿀푸장	조선중앙일보	1935. 8. 4
야행차속	동아일보	1935. 8. 11
옛책	신동아	1935. 9
최후의 염원	조광	1935. 11
안개	조광	1935. 11
일년	조광	1935. 12
버러지	신동아	1935. 12
들	조광	1936. 1
가을바람	중앙	1936. 1
강가로 가자	조광	1936. 2
현해탄	중앙	1936. 3

달밤	신동아	1936. 4
적	중앙	1936. 5
하눌	신인문학	1936. 8
단장	낭만	1936. 11
지상의 시	풍림	1937. 2
너 하나 때문에	풍림	1937. 3
주유의 노래	조광	1937. 5
안개속	조선문학	1937. 5
밤길	조광	1937. 6
어린 태양이 말하되	동아일보	1937. 6. 23
바다의 찬가	조선일보	1937. 6. 23
홍수 뒤	조선일보	1937. 6. 24
일년	동아일보	1937. 7. 8
내 청춘에 바치노라	동아일보	1937. 10. 22
새 옷을 갈아입으며	동아일보	1937. 10. 24
지도	동아일보	1937. 11. 3
사랑의 찬가	조광	1938. 4
별들이 합창하는 밤	비판	1938. 5
한잔 포도주를	청색지	1938. 6
차중	맥	1938. 10
하늘	사해공론	1938. 10
자선시초	삼천리	1938. 11
실제	문장	1939. 1
한여름밤의 꿈	조선문학	1939. 3
헌시	조선인민보	1945. 12
헌시	건설주보	1946. 1

학병 돌아오다	학병	1946. 1
인민의 소리	예술신보	1946. 1
초혼	자유신문	1946. 1. 28
초혼	학병	1946. 2
3월 1일이 온다	자유신문	1946. 2. 25
발자국	적성	1946. 3
나의 눈은 핏발이 서서 감을 수가 없다		
	현대일보	1946. 5. 1
손을 들자	조선인민보	1946. 5. 5
제사	해방일보	1946. 5. 19
청년의 6월 10일로 가자	조선인민보	1946. 6. 10
박헌영선생이시어 『노력인민』이 나옵니다		
	노력인민	1947. 1
전선에로! 전선에로! 인민의용군은 나아간다		
	해방일보	1950. 7. 8
서울	해방일보	1950. 7. 24
기지로 돌아가거든	노동신문	1952. 2. 7

■ 비평 · 수필 · 잡문 · 소설

근대문학상에 나타난 연애	매일신보	1926. 1. 1
젊은이 순이와 영철이	매일신보	1926. 1. 31
잡지문학의 해설	매일신보	1926. 2. 7
문학사상의 2월 25일	매일신보	1926. 3. 7
풀테쓰파의 선언	매일신보	1926. 4. 4~10
근대문예 잡감	매일신보	1926. 5. 23

위기에 임한 조선영화계	매일신보	1926. 6. 13
심심풀이로	매일신보	1926. 8. 8
환멸의 철인	매일신보	1926. 10. 3
정신분석학을 기초로 한 계급문학의 비판		
	조선일보	1926. 11. 22~24
무산계급을 주제로 한 세계적 작가와 작품		
	조선일보	1926. 12. 1~24
무산계급 문화의 장래와 문예작가의 행정		
	조선일보	1926. 12. 27~28
최후의 면회인	매일신보	1927. 1. 16~23
생명의 하 기타	조선일보	1927. 1. 30~31
무산계급을 주제로 한 세계적 작가와 작품(속)		
	조선일보	1927. 1. 21~2. 8
승리자 '페루레'	조선일보	1927. 1. 24
부패한 도시	조선일보	1927. 1. 29
피등의 삼인	조선일보	1927. 1. 23, 25
포도의 과실	조선일보	1927. 1. 28
소년과 '파이푸'	조선일보	1927. 1. 21
반군국주의	조선일보	1927. 2. 1
무산계급을 전망한 상위한 삼시야	조선일보	1927. 2. 28
자본주의 사회에 재한 문학운동의 전개방향		
	조선일보	1927. 3. 30~4. 2
영춘부	매일신보	1927. 5. 8
분화와 전개―목적의식 문예론의 서론적 도입		
	조선일보	1927. 5. 16~21
착각적 문예이론―김화산씨의 우론 검토		

	조선일보	1927. 9. 4~11
각서	조선일보	1927. 10. 2
미술영역에 재한 주체이론의 확립	조선일보	1927. 11. 20~24
신건설 도정에 오르는 1928년의 문단	조선일보	1928. 1. 1
효용을 위한 문학	조선지광	1928. 1
시단의 현상과 희망(대담)	조선일보	1928. 1. 1~3
'판토마임'을 흉내낸 지하실의 소식	조선일보	1928. 3. 30
연애의 종말	조선일보	1928. 10. 19~22
토월회 제57회 공연을 보고	조선지광	1928. 11·12 합병호
기술적 능력의 확충과 조직	조선지광	1929. 1
최근 세계영화의 동향	조선지광	1929. 2
라인할트극장(독)	조선문예	1929. 5
표현주의의 예술	조선문예	1929. 6
제1회 (녹향회)전의 비판	조선지광	1929. 6
박태원 초기 창작평	동아일보	1929. 6. 12~18
영화적 시평	조선지광	1929. 6
표현주의의 예술	조선문예	1929. 6
탁류에 항하야—문예적인 시평	조선지광	1929. 8
김기진군에게 답함	조선지광	1929. 11
노풍 시평에 항의함	조선일보	1930. 5. 15~19
시인이여! 일보 전진하자!	조선지광	1930. 6
조선 프로예술운동의 당면의 중심적 임무		
	중외일보	1930. 6. 28
기사 대탈선 대혼선	철필	1930. 7
서울키노 영화 「화륜」에 대한 비판	조선일보	1931. 3. 25~4. 3
한 자 아는 것이 급무	동광	1931. 4

1931년간의 카프 예술운동의 정황	중앙일보	1931. 12. 7~13
1932년을 당하야 조선문학운동의 신계단		
	중앙일보	1932. 1. 1~28
전후 자본주의 제3기의 제문제	조선지광	1932. 1~2
소위 해외문학파의 정체와 임무	조선지광	1932. 1~2
당면정세의 특질과 예술운동의 일반적 방향		
	조선일보	1932. 1. 1~2. 10
조선 근대극 발전과정	연극운동	1932. 5
국제스파이 이야기	신계단	1932. 11
제3 트로츠키 사건	신계단	1932. 11
전쟁과 종교(번역)	신계단	1932. 12, 1933. 2
정신문화의 위기와 천도교적 문화운동		
	신계단	1933. 2
수운주의 문화 철학 비판	신계단	1933. 3
세계 경제공항의 발전과 노동자계급의 신상태		
	신계단	1933. 3
세계 공황과 예산위기	신계단	1933. 5
농업 집단화의 발전과 소비에트 국방의 공고화		
	신계단	1933. 5
영인기사 중심의 반소비에트 음모사건의 의의		
	신계단	1933. 6
중국에 있어서의 장개석 지배의 새로운 동요		
	신계단	1933. 6
동지 백철군을 논함―그의 시작과 평론에 대하야		
	조선일보	1933. 6. 14~17
나치스의 문화폭압과 파시즘의 파도	신계단	1933. 7

아메리카 금본위제 붕괴의 정치적 의의

	대중	1933. 7
6월중의 창작	조선일보	1933. 7. 12~19
카톨릭 문학 비판	조선일보	1933. 8. 11~18
이야기의 세계	신계단	1933. 8·9 합병호
태평양 연안제국의 농업노동자	신계단	1933. 8·9 합병호
구라파에서 제일 영양이 좋은 소련의 아동들!		
	신계단	1933. 8·9 합병호
문단의 그 시절을 회상한다	조선일보	1933. 10. 5~8
문단인의 자기고백	동아일보	1933. 10. 13
문예좌담회	조선문학	1933. 11
비평의 객관성의 문제	조선문학	1933. 11. 9~10
문학에 있어서의 형상의 성질문제		
	조선일보	1933. 11. 25~12. 2
비평에 있어 작가와 그 실천의 문제	동아일보	1933. 12. 19~21
33년을 통하여 본 현대조선의 시문학		
	조선중앙일보	1934. 1. 1~12
1933년의 조선문학의 제경향과 전망	조선일보	1934. 1. 1~14
설문	형상	1934. 1
신춘창작개평	조선일보	1934. 2. 18~25
현대의 문학에 관한 단상	형상	1934. 2
1934년에 임하여 문단에 대한 희망(설문)		
	형상	1934. 2
현대문학의 제경향	우리들	1934. 3
집단과 개성의 문제 — 다시 형상의 성질에 관하야		
	조선중앙일보	1934. 3. 13~20

낭만적 정신의 현실적 구조	조선일보	1934. 4. 19~25
언어와 문학—특히 민족어와의 관계에 대하야		
	문학창조	1934. 6
언어와 문학—특히 민족어와의 관계에 대하야		
	예술	1934. 12
조선적 비평의 정신	조선중앙일보	1935. 6. 25~27
역사적 반성에의 요망	조선중앙일보	1935. 7. 4~16
질풍노도를 초극하는 위대한 정숙	조선일보	1935. 9. 1
비평의 시대	비판	1935. 10
조선신문학론 서설—이인직으로부터 최서해까지		
	조선중앙일보	1935. 10. 9~11. 13
혁명가로서의 두옹	조광	1935. 11
'거울'로서의 톨스토이	조광	1935. 11
담천하의 시단 1년	신동아	1935. 12
조선문학을 어떻게 규정할 것인가	신동아	1935. 12
시와 시인과 그 명예 'NF에게 주는 편지를 대신하야'		
	학등	1936. 1
문학의 비규정성문제—무이론주의의 비판		
	동아일보	1936. 1. 28~2. 4
당래할 조선문학을 위한 신제창	동아일보	1936. 1. 1~4
시의 일반개념	삼천리	1936. 1
문학과 행동의 관계	조선일보	1936. 1. 8~10
조선문학의 신정세와 현대적 제상	조선중앙일보	1936. 1. 26~2. 13
그 뒤의 창작적 노선	비판	1936. 1·2 합병호
금년에 하고 싶은 문학적 활동기	삼천리	1936. 2
투르게네프가 만든 영원한 엘레나	조광	1936. 2

기교파와 조선시단	중앙	1936. 2
문예평론―언어의 마술성	비판	1936. 3
조선어와 위기하의 조선문학	조선중앙일보	1936. 3. 8~24
문예시평―창작기술에 관련하는 소감		
	사해공론	1936. 4
그 뒤의 창작적 노선―최근 작품을 읽은 감상		
	비판	1936. 4
할미꽃 의젓이 피는 낙타산록의 춘색	조광	1936. 4
나의 경구	조광	1936. 4
아동이 성인과 신장 겨누기	삼천리	1936. 4
푸른 골짝의 유혹	조광	1936. 5
평론가로서 작가에게 보내는 편지(송영론)		
	신동아	1936. 5
언어의 현실성―문학에 있어서의 언어		
	조선문학	1936. 5
말의 빈곤	조선문학	1936. 5
예술적 인식표현의 수단으로서의 언어		
	조선문학	1936. 6
현해탄 상의 일야	조광	1936. 6
밀림에의 일 고언	신동아	1936. 6
현대적 부패의 표징인 인간 탐구와 고민의 정신		
	조선중앙일보	1936. 6. 10~19
사회주의 리얼리즘 재검토	조선문학	1936. 6
7월의 창작월평	조선중앙일보	1936. 7. 18~29
설천야의 대동강반	조광	1936. 7
문단 논단의 분야와 동향	사해공론	1936. 7

객관적 사정에 의하여 규정된다	삼천리	1936. 8
시의 일반개념	삼천리	1936. 8
조선문학의 개념규정에 반하는 소감	조선문학	1936. 9
학예자유의 옹호	사해공론	1936. 9
문학상의 '지방주의' 문제	조광	1936. 10
가을의 탐승처	조광	1936. 10
문인 임화씨와의 잡담기	신인문학	1936. 10
암흑기의 문예는 융성하는가	조선문학	1936. 11
나의 묘지명	삼천리	1936. 11
진보적 시가의 작금―프로시의 걸어온 길		
	풍림	1937. 1
조선문화와 신휴머니즘론	비판	1937. 4
사랑의 진리	조광	1937. 3
춘래불사춘	조광	1937. 4
우리문단의 희귀한 작가 무영	조선문학	1937. 4 · 5
문예이론으로서의 신 '휴머니즘'에 대하여		
	풍림	1937. 4
'르네상스'와 '신휴머니즘론'	조선문학	1937. 4
1905년의 고리키	조광	1937. 6
작가의 '눈'과 문학의 세계	조선문학	1937. 6
복고현상의 재흥―휴머니즘 논의의 주목할 일추향		
	동아일보	1937. 7. 15~20
타도! 추종비평	사해평론	1937. 8. 5
전형기의 조선극단의 전망	사해공론	1937. 9
사실주의의 재인식―새로운 문학적 탐구에 기하여		
	동아일보	1937. 10. 8~14

주체의 재건과 문학의 세계	동아일보	1937. 11. 11~16
정축년 문단회고	동아일보	1937. 12. 12~15
작가단편 자서전	삼천리	1938. 1
나와 호랑이	조광	1938. 1
명일의 조선문학	동아일보	1938. 1. 1~3
우수의 서	신세기	1938. 2
내 애인의 면영	조광	1938. 2
지난날 논적들의 면영	조선일보	1938. 2. 8
작가 한설야론	동아일보	1938. 2. 22~24
빙설 녹을 때	조광	1938. 3
엄흥섭 단편집 『길』을 독함	동아일보	1938. 3. 15
언제나 지상은 아름답다	조선일보	1938. 3. 5
극작가 유치진론	동아일보	1938. 3. 1~2
조벽암의 시집 『향수』를 읽고	동아일보	1938. 3. 24
현대문학의 정신적 기축─주체의 재건과 현실의 의의		
	조선일보	1938. 3. 23~27
세태 소설론	동아일보	1938. 4. 1~6
경궤연선	동아일보	1938. 4. 13~17
작가와 문학과 잉여의 세계	비판	1938. 4
휴머니즘 논쟁의 총결산	조광	1938. 4
5월 창작평	동아일보	1938. 4. 28~5. 7
최근 조선 소설계 전망─본격소설론	조선일보	1938. 5. 24~28
5월 창작 일인일평 ─비상하는 작가정신		
	조선일보	1938. 5. 7
애드벌룬	조선일보	1938. 5. 14
잡지문화론	비판	1938. 5

번역문학의 중흥―해외서정시집을 읽고

		조선일보	1938. 6. 22
문화월보―문단	비판	1938. 6
문학과 '저널리즘'의 교섭	사해공론	1938. 6
수필론―문학 '장르'로서의 재검토	동아일보	1938. 6. 18~22

7월 창작 일인일평―몽롱중에 투명한 것을?

		조선일보	1938. 6. 26
문화 기업론	청색지	1938. 6
예문의 융성과 언문정리	사해공론	1938. 7
문단시감―문단적인 문학의 시대	조선일보	1938. 7. 17~23
현대 조선문학전집 「평론집」을 독함	조선일보	1938. 7. 16
작가기질론	청색지	1938. 8
사실의 재인식	동아일보	1938. 8. 24~28
때를 기다리는 월세계 여행	조선일보	1938. 8. 11
10월 창작평	동아일보	1938. 9. 20~28
박승극 수필집 『다여집』 서평	조선일보	1938. 9. 24
전형기의 조선극단의 전망	사해공론	1938. 10
문예시평―'비평'의 시대	비판	1938. 10
김대봉 시집 『무심』을 독함	조선일보	1938. 11. 4
『대지』의 세계성	조선일보	1938. 11. 17~20

통속문학의 대두와 예술문학의 비극―통속소설에 대하여

		동아일보	1938. 11. 12~27
저회하는 시정신	동아일보	1938. 12. 23~25
신극론	청색지	1938. 12
문예시평―비평의 고도	조선문학	1939. 1
문학과의 친화론―영화발전책	조광	1939. 1

문학건설 좌담회	조선일보	1939. 1. 3
신건할 조선문학의 성격	동아일보	1939. 1. 1~4
역사 문화 문학 혹은 '시대성'이란 것에의 각서		
	동아일보	1939. 2. 18~3. 1
사온	조선일보	1939. 2. 5
전체주의 문학론	조선일보	1939. 2. 26~3. 2
朝鮮の現代文學	경성일보	1939. 2. 23~25
신간평 박태원 저『천변풍경』평	조선일보	1939. 2. 17
신인론	비판	1939. 2
소화 13년도 개관	조선문예연감	1939. 3
문학어로서의 조선어	한글	1939. 3
박태원씨 저『천변풍경』평	박문	1939. 3
현대의 매력	조선일보	1939. 4. 13
內地文壇人への公開狀	국민신보	1939. 4. 30
문예잡지론―조선잡지사의 일측면	조선문학	1939. 4, 6, 7
19세기의 청산	동아일보	1939. 5. 12~14
잡록	청색지	1939. 5
김문집 저서『비평문학』에 대한 각계의 일가견		
	청색지	1939. 5
독서력에 반영된 세상	동아일보	1939. 5. 2
신인 불가외	동아일보	1939. 5. 6
카톨리시즘과 현대정신	조선일보	1939. 5. 2~4
朝鮮の詩歌と女性	국민신보	1939. 5. 21
김태오 씨 시집『초원』	조선일보	1939. 5. 22
최근 10년간의 문예비평의 주조와 변천		
	비판	1939. 6

연애의 자유	신세기	1939. 6
신세대론─소설과 신세대의 성격	조선일보	1939. 6. 29~7. 2
주체의 현대성	조선일보	1939. 7. 22
제1회 신인문학 콩쿠르 심사보고	동아일보	1939. 7. 5~9
7월 창작평─현대소설의 귀추	조선일보	1939. 7. 19~28
신인제군의 수준 그 타	조선일보	1939. 7. 28
京城風土記	국민신보	1939. 7. 30
시의 장식성과 단순성	조선일보	1939. 8. 23~25
언어 '이미지' 정신	조선일보	1939. 8. 22
하일몽환	매일신보	1939. 8. 11~14
시단과 신세대	조선일보	1939. 8. 18~26
言葉を意識する	경성일보	1939. 8. 16~20
폭우 내리는 날	신세기	1939. 8
개설 신문학사	조선일보	1939. 9. 1~12. 27
최근 소설의 주인공	문장	1939. 9
교육의 문화	신세기	1939. 9
농민과 문학	문장	1939. 10
악서담의	매일신보	1939. 10. 20
에밀졸라 저 『실험소설론』	인문평론	1939. 10
단편소설의 조선적 특성─9월 창작평에 대신함		
	인문평론	1939. 10
악서담의	신세기	1939. 10
전시오락	매일신보	1939. 11. 25
교양과 조선문단	인문평론	1939. 11
落葉日記	국민신보	1939. 11. 5
조선어의 음율형	매일신보	1939. 11. 5

전기	매일신보	1939. 12. 22
창작계의 일년	조광	1939. 12
신극의 새 활로	조선일보	1939. 12. 28~30
初冬雜記	경성일보	1939. 12. 5~10
歲暮隨筆	국민신보	1939. 12. 10
창작계의 일년	문장	1939. 12
조선문학연구의 일과제―신문학의 방법		
	동아일보	1940. 1. 13~20
해후	매일신보	1940. 1. 24
'리얼리즘'의 변모―혹은 생활의 발견		
	태양	1940. 1
일본 농민문학의 동향―특히 '토의 문학'을 중심으로		
	인문평론	1940. 1
시민문화의 종언	매일신보	1940. 1. 6
기계미	인문평론	1940. 1
문학의 제문제	문장	1940. 1
경계할 아류의식―새로운 정신과 언어를 대망		
	조선일보	1940. 1. 9
친구	매일신보	1940. 1. 20
창조적 비평	인문평론	1940. 10
문화 현세의 총검토	동아일보	1940. 1. 1~4
시단의 현상과 희망	조선일보	1940. 1. 13~17
속 신문학사	조선일보	1940. 2. 2~5. 10
李光洙氏の小說『無明』に就て	경성일보	1940. 2. 15~16
공동열	매일신보	1940. 2. 15
「전망」의 윤리	조선일보	1940. 2. 12

어떤 청년의 참회	문장	1940. 2
ヒトラー傳	경성일보	1940. 3. 27
귀의와 자각	매일신보	1940. 3. 29
생산소설론	인문평론	1940. 4
유료시사회 극장의 상계에 불과	매일신보	1940. 4. 30
소설문학의 20년	동아일보	1940. 4. 12~20
출세문학	매일신보	1940. 4. 27
소설의 현상타개의 길	조선일보	1940. 5. 11~15
시와 현실의 교섭	인문평론	1940. 5
정신의 기피	조선일보	1940. 5. 14
구성력의 요망	조선일보	1940. 5. 15
시집 『망양』	매일신보	1940. 6. 19
동경문단과 조선문학	인문평론	1940. 6
시정담의	매일신보	1940. 6. 1, 3, 4
朝鮮文學通信	문예	1940. 6
조선문학연구의 과제	매일신보	1940. 6. 13~16
문화의 신대륙	조선일보	1940. 6. 29
시집 『망양』	매일신보	1940. 6. 19
究極への前提	경성일보	1940. 7. 18
現代朝鮮文學の環境	문예	1940. 7
예술의 수단	매일신보	1940. 8. 21~27
일상성	매일신보	1940. 9. 20
민간지의 20년—신문화와 신문	조광	1940. 10
창조적 비평	인문평론	1940. 10
사치론	매일신보	1940. 10. 29~11. 1
개설 조선신문학사	인문평론	1940. 11~1941. 4

시단은 이동한다	매일신보	1940. 12. 9~16
고전의 세계 ─혹은 고전주의적인 심정		
	조광	1940. 12
신시 ─강한 개성 가지라(대담)	매일신보	1940. 12. 29
문학의 제문제	문장	1941. 1
현대의 서정정신	신세기	1941. 1
기독교는 어데로	조광	1941. 1
유진오 저『봄』	매일신보	1941. 2. 7
문예시평 ─여실한 것과 진실한 것	삼천리	1941. 3
총력연맹 문화부장 야나베 에이사부로 대담		
	조광	1941. 3
농촌과 문화	조광	1941. 4
유진오 저『화상보』를 독함	춘추	1941. 7
조선주택문제 좌담	춘추	1941. 8
학생론	조광	1941. 10
조어비의	춘추	1941. 10
조선영화론	춘추	1941. 11
연극시평	매일신보	1942. 1. 31~2. 3
영화의 극성과 기록성	춘추	1942. 2
조선영화론	매일신보	1942. 6. 28~30
윤승한 저『대원군』	매일신보	1942. 10. 14
『백조』의 문학사적 의의	춘추	1942. 11
연극 경연대회의 인상	춘추	1942. 12
소설의 인상	춘추	1943. 1
신춘시평	매일신보	1943. 3. 11~12
아랑의 「대동강」 극평	매일신보	1944. 11. 7

권환저 시집 『윤리』	매일신보	1945. 2. 7
건국과 청년	인민보	1945. 10
우리는 이론보다 실천을 위주로 한다 선구		1945. 10
현하의 정세와 문화운동의 당면임무 문화전선		1945. 11
문학의 인민적 기초	중앙신문	1945. 12. 6~14
아동문학 앞에는 미증유의 큰 의무가 있다		
	아동문학	1945. 12
문화에 있어서 봉건적 잔재와 투쟁임무		
	신문예	1945. 12
조선문화의 방향	민성	1945. 12
조선문학의 지향	예술	1946. 1
문학자의 자기비판	중성	1946. 2
조선민족문학건설의 기본과제에 관한 일반보고		
	조선일보	1946. 2. 13
박헌영 — 인물소묘	신천지	1946. 2
민주주의 민족전선	인민평론	1946. 3
민전의 신정부 설계	조선인민보	1946. 4. 9
칼맑스의 예술	현대일보	1946. 5
비평의 재건	독립신보	1946. 5. 1
서평에 관하여	현대일보	1946. 5. 8
박아지 시집 『화심』 서평	현대일보	1946. 5
김기림 시집 『바다와 나비』	현대일보	1946. 6. 6
조선민족문학건설의 기본과제에 관한 일반보고		
	건설기의 조선문학	1946. 6
조선소설에 관한 보고	건설기의 조선문학	1946. 6
김기림 시집 『바다와 나비』	현대일보	1946. 6. 6

고리키의 세계문학	조선인민보	1946. 6. 18
조선에 있어 예술적 발전의 새로운 가능성에 관하여		
	문학	1946. 7
망국의 교훈	조선인민보	1946. 8. 29
혁명극장과 3·1 공연에 제하여	영화시대	1946. 8
인민항쟁과 문학운동	문학	1947. 2
진정한 민족문학의 건설	선구	1947. 2
농민문학에 대한 결정서	문학	1947. 4
북조선의 민주건설과 문화예술의 위대한 발전		
	문학평론	1947. 4
민족문학의 이념과 문학운동의 사상적 통일을 위하여		
	문학	1947. 4
안회남씨에게	문학평론	1947. 4
해방문학상에 대한 결정서	문학	1947. 4
러시아의 위대한 사실주의 작가 니콜라이 바실리예비치 고골리		
	인민	1952. 4
크레믈린의 붉은 별	조쏘문화	1952. 11. 6

연구서지

강진호, 「임화 낭만주의론의 성격과 의미」, 『우리문학』, 1991 여름호.

고영자, 「中野重治と林和」, 『용봉논총』, 전남대, 1991. 12.

고형진, 「'단편서사시'와 부유한 관념―임화의 시세계」, 『현대시학』, 1988. 12.

권용선, 「30년대 후반 임화 문학론에 나타난 근대성 인식 고찰」, 『인천어문학』, 1999. 2.

_____, 「1920년대말 한·일 프롤레타리아 시인의 근대성 인식 비교 고찰」, 『인하어문연구』, 2001. 5.

권희영, 「1930년대 한국 지식인의 정서와 근대적 공간」, 『청계사학』, 1997. 2.

기나연, 「임화 시 연구」, 성신여대 석사학위논문, 1994.

김명인, 「1930년대 중후반 임화 시의 양상과 성격」, 『민족문학사연구』, 1994. 7.

김병구, 「임화의 소설론 연구」, 서강대 석사학위논문, 1993.

김수정, 「1930년대 휴머니즘론 연구」, 고려대 석사학위논문, 1992.

김순전, 「1920년대 일본·한국의 예술 대중화론의 시각 고찰」, 『용봉논총』, 전남대, 1994. 12.

김영민, 「해방 직후 민족문학론 연구 1」, 『매지논총』, 연세대, 1998. 2.

_____, 「임화의 신문학사 연구의 성과와 의미」, 『매지논총』, 연세대, 2001. 2.

김영옥, 「한국현대시의 서사성 연구」, 충남대 석사학위논문, 1996.

김오경, 「임화시 연구」, 충남대 석사학위논문, 1995.

김외곤, 「'물'논쟁의 미학적 연구」, 『외국문학』, 1990 가을호.

_____, 「임화의 소설론과 생활 세계의 인식」, 『한국학보』, 1995 겨울호.

_____, 「임화의 문학 비평과 미술 비평의 관련성」, 『인문과학연구』, 서원대, 2000. 2.

김용직, 「임화와 일제말 암흑기」, 『문학정신』, 1990. 2.

_____, 「이데올로기 지향시의 해석 문제」, 『문학과사회』, 1990. 5.

_____, 『임화문학연구』, 세계사, 1991.

_____, 「경향시의 대명사―임화론」, 『현대시』, 1993. 5.

김윤식, 「임화와 김남천―'물논쟁'에서 '문학가 동맹' 조직까지」, 『문학사상』, 1988. 10.

_____, 「임화와 박영희」, 『문학사상』, 1988. 11.

_____, 「임화와 이북만―누이 콤플렉스에 대하여」, 『문학사상』, 1988. 12.

_____, 「임화와 백철」, 『한국문학』, 1989. 3~5.

_____, 『임화연구』, 문학사상사, 1989.

_____, 「임화와 전향 논리」, 『한국학보』, 1989. 6.

_____, 「해방공간 문화운동의 갈래와 그 전망」, 『한국학보』, 1990. 3.

김은영, 「경향시의 서사지향성 연구」, 부산대 석사학위논문, 1992.

김재남, 「개화기 소설관 연구사 정리」, 『세종어문연구』, 세종대, 1988. 12.

김재용, 「진보적 문학가 임화의 삶과 문학」, 『사회와사상』, 1988. 10.

김재은, 「해방후 임화시 연구」, 숙명여대 석사학위논문, 1993.

김재홍, 「낭만파 프로시인 임화」, 『한국문학』, 1989. 6~7.

김정훈, 「임화의 문학관 연구 I」, 『국제어문』, 1994. 4.

_____, 「임화 시 연구」, 한양대 박사학위논문, 1996.

_____, 「광복 직후의 임화 시 연구」, 『국어교육』, 1998. 6.

_____, 「1920년대 아나키즘 논쟁의 일고찰」, 『전농어문연구』, 1999. 2.

김주언, 「임화 시론 연구」, 단국대 석사학위논문, 1992.

_____, 「임화의 문학사 서술에 나타난 근대성 인식의 문제」, 『국문학논집』, 단국대, 1994. 5.

_____, 「임화의 낭만주의론, 그 의미와 한계」, 『어문연구』, 2001 겨울호.

김주일, 「1930년대 리얼리즘론 연구」, 연세대 박사학위논문, 1993.

김중호, 「임화 초기시의 형식문제」, 『홍익어문』, 1993. 2.

_____, 「임화연구」, 홍익대 석사학위논문, 1997.

김지연, 「임화의 시론과 시에 관한 일고찰」, 『국어국문학』, 1993. 12.

_____, 「임화 시의 낭만성 시의식에 관하여」, 『성심어문논집』, 2002. 2.

김진희, 「임화 시 연구」, 이화여대 석사학위논문, 1990.

김춘식, 「한국문예비평사의 사회·문화사적인 서술을 위한 시론」, 『국어국문학논문집』, 동국대, 1996. 2.

김한식, 「현대문학사 기술에서 '근대'를 보는 관점의 비교 연구」, 『어문논집』, 1998. 2.

김현옥, 「임화 시 연구」, 우석대 석사학위논문, 1995.

김현정, 「임화와 김기림비평의 대비적 연구」, 대전대 석사학위논문, 1994.

_____, 「1930년대 후반 리얼리즘 시 연구」, 『대전대학교대학원논문집』, 1998. 2.

_____, 「1930년대 후반 임화의 휴머니즘론 고찰」, 『대전어문학』, 대전대, 1999. 2.

김형숙, 「임화 리얼리즘 문학론 연구」, 한국교원대 석사학위논문, 1996.

김형필, 「임화의 시연구」, 『논문집』, 한국외대, 2002. 5.

나병철, 「임화의 리얼리즘론과 소설론」, 『1930년대 문학연구』, 평민사, 1993.

남기혁, 「임화 시의 담론구조와 장르적 성격연구」, 서울대 석사학위논문, 1992.

류병석, 「임화의 '신문학사' 연구」, 『한국학논집』, 한양대, 1992. 8.

류찬열, 「1930년대 기교주의 논쟁에 관한 연구」, 『어문논집』, 2000. 12.

문지성, 「한국 프로 문학과 임화의 시세계」, 『성심어문논집』, 가톨릭대, 1995. 3.

문혜원, 「한국 경향시의 모색과 좌절」, 『현대시』, 1994. 5.

민경희, 「임화의 소설론 연구」, 서울대 석사학위논문, 1990.

박배식, 「세태소설의 개념연구」, 『선청어문』, 서울사대, 1995. 4.

_____, 「1930년대 임화의 리얼리즘론의 변모 양상」, 『국민어문연구』, 2000. 3.

_____, 「임화의 비평의식 변모 양상」, 『인문논총』, 동신대, 2001. 12.

박성준, 「"역사의 비극" 선택받은 시인 임화」, 『현대공론』, 1988. 10.

_____, 「임화의 본격소설론 연구」, 『대전어문학』, 1992. 2.

박은미, 「임화 시에 나타난 가족 모티브 연구」, 『겨레어문학』, 2001. 10.

박정선, 「1930년대 후반기 임화 시 연구」, 경북대 석사학위논문, 1996.

박정희, 「임화 시 연구」, 『논문집』, 한양여전, 1992. 2.

박진영, 「임화 신문학사론 연구」, 연세대 석사학위논문, 1997.

박희병, 「임화의 이식문학론 비판」, 『한국문화』, 1998. 12.

서경석, 「1930년대 문학비평에 나타난 '탈근대성' 연구」, 『한국학보』, 1996. 9.

서준섭, 「문학과 정치―임화의 문학비평」, 『강원인문논총』, 1998. 12.

서지영, 「한국 현대시의 산문성 연구」, 서강대 박사학위논문, 1999.

선주원, 「1930년대 후반 반파시즘 인민전선론에 관한 비판적 검토」, 『청람어문학』, 1999. 3.

성진희, 「임화의 신문학사론 연구」, 서울대 석사학위논문, 1992.

송광수, 「임화시 연구」, 영남대 석사학위논문, 1992.

송근호, 「1930년대 후반 임화의 문학론 연구」 연세대 석사학위논문, 1992.

송기섭, 「서정의 힘과 이념 — 임화론」, 『어문연구』, 1999. 6.

신두원, 「임화의 현실주의론 연구」, 서울대 석사학위논문, 1991.

_____, 「30년대 비평이론 연구 노트」, 『기전어문학』, 1996. 11.

신명경, 「임화시 연구」, 동아대 석사학위논문, 1991.

_____, 「임화의 낭만정신론 연구」, 『동아어문논집』, 1991. 11.

신승엽, 「이식과 창조의 변증법」, 『창작과비평』, 1991 가을호.

신은주, 「나카노 시게하루와 한국 프로레타리아 문학운동」, 『일본연구』, 한국외대, 1997. 12.

신종호, 「임화 연구」, 숭실대 석사학위논문, 1992.

_____, 「임화의 비평의식 연구」, 『숭실어문』, 1992. 5.

안심순, 「임화 연구」, 국민대 석사학위논문, 1998.

양문규, 「한국 프로소설 연구사」, 『인문학보』, 강릉대, 2000. 6.

양상선, 「임화 시의 엘리트 의식 고찰」, 군산대 석사학위논문, 2001.

양영길, 「임화의 한국 근대문학사 인식 방법 연구」, 『백록어문』, 2000. 2.

양일운, 「북한의 숙청문인, 상허와 임화를 중심으로」, 『북한학보』, 1981. 12.

양진오, 「이식과 전통의 문학사」, 『서강어문』, 1995. 11.

오세영, 「임화의 「우리 오빠와 화로」」, 『현대시』, 1996. 11.

오현주, 「임화의 문학사 서술에 대한 고찰」, 『현상과인식』, 1991 봄·여름호.

_____, 「임화의 문학사 서술의 추이에 관한 연구」, 『실천문학』, 1992

봄호.

오형엽, 「1930년대 시론의 구조적 연구」, 고려대 박사학위논문, 1999.

유영희, 「임화론—시세계를 중심으로」, 『강릉어문학』, 1991. 5.

유임하, 「임화시의 변모양상에 관한 연구」, 동국대 석사학위논문, 1990.

_____, 「1920~30년대 시에 나타난 근대문명 인식」, 『한국문학연
　　구』, 동국대, 1992. 2.

유창근, 「임화론」, 『시문학』, 1989. 6.

윤여탁, 「프로 문학의 성과와 그 의미」, 『선청어문』, 서울사대, 1998. 10.

이　훈, 「1930년대 임화의 문학론 연구」, 서울대 박사학위논문, 1993.

_____, 「임화의 초기 문학론 연구」 『국어국문학』, 1994. 5.

_____, 「임화의 1940년대 전반기 문학비평 연구」, 『목포대학교논문
　　집』, 1995. 6.

이경수, 「임화 시에 나타난 '운명'의 의미」, 『어문논집』, 2001. 10.

이경훈, 「임화 시 연구」, 연세대 석사학위논문, 1988.

_____, 「전쟁을 시쓰기」, 『한길문학』, 1992 여름호.

_____, 「임화의 1930년대 후반기 시 연구」, 『비평문학』, 1993. 10.

이명찬, 「1940년 전후의 시정신」, 『한성어문학』, 1999. 6.

_____, 「네 거리를 고향으로 둔 시인의 운명」, 『민족문학사연구』,
　　2001. 6.

이미경, 「1930년대 '기교주의 논쟁'의 전개양상과 그 의미」, 『어문학』,
　　1999. 6.

이상경, 「임화의 소설사론과 그 미학적 근거에 대한 비판적 검토」, 『창
　　작과비평』, 1990 가을호.

이수남, 「한국 현대 서술시의 특성 연구」, 부산외대 석사학위논문,
　　1995.

이숭원, 「임화 시와 격정·고뇌의 가락」, 『현대시』, 1995. 9.

이양숙,「해방직후 임화의 민족문학론에 대하여」,『문학과논리』,
　　1992.

이장렬,「한국 근대시에 나타난 도시공간 연구」, 경남대 석사학위논
　　문, 1996.

이종희,「임화와 김남천의 창작방법 논쟁」,『대전어문학』, 2000. 2.

이태숙,「임화 시의 변모 양상에 관한 고찰」, 서울대 석사학위논문,
　　1991.

이현식,「1930년대 후반 사실주의 문학론 연구」, 연세대 석사학위논문,
　　1990.

이형권,「임화시의 비유적 특성」,『목원어문학』, 1996. 12.

　　　　,「임화 문학 연구」, 충남대 박사학위논문, 1997.

이혜선,「해방직후 좌·우익의 문학운동과 근대기획」,『연세학술논
　　집』, 2001. 8.

이호림,「전체시 논쟁 고찰」,『성균어문연구』, 2001. 12.

임규찬,「임화 '신문학사'에 대한 연구」,『문학과논리』, 1991.

　　　　,「임화 문학사를 바라보는 최근의 관점과 비판」,『한길문학』,
　　1991 겨울호.

임성운,「임화의 문학사기술방법 연구」,『어학연구』, 순천대, 1996. 6.

임정택,「임화 전기시의 변모양상 연구」, 울산대 석사학위논문, 2001.

전상기,「임화 리얼리즘론의 변모과정 연구」, 성균관대 석사학위논문,
　　1992.

전승주,「임화의 신문학사 방법론에 관한 연구」, 서울대 석사학위논
　　문, 1988.

정경운,「임화의 낭만주의론 연구」, 전남대 석사학위논문, 1990.

정영곤,「임화시의 연구―시의식의 변화를 중심으로」,『어문교육논
　　집』, 1986. 12.

정재찬, 「1920~30년대 한국경향시의 서사지향성 연구」, 서울대 석
　　사학위논문, 1987.

정진용, 「임화 詩의 계급의식 연구―단편 서사시를 중심으로」, 아주
　　대 석사학위논문, 1999.

정찬영, 「1930년대 후반기 리얼리즘론 연구」, 부산대 석사학위논문,
　　1992.

＿＿＿, 「임화의 문학론 연구」, 『우암어문논집』, 부산외대, 2001. 3.

정호웅, 「임화 소설 비평의 구조」, 『한국학보』, 1996. 6.

＿＿＿, 『임화―세계 개진의 열정』, 건국대학교출판부, 1996.

정효구, 「대화적 성격과 낭만적 세계관」, 『문학과비평』, 1990. 6.

＿＿＿, 「임화의 단편서사시에 나타난 방법적 특성의 고찰」, 『인문학
　　지』, 충북대, 1993. 6.

정희모, 「임화의 '본격소설론' 연구」, 『연세어문학』, 1993. 2.

＿＿＿, 「임화의 리얼리즘론과 소설론 연구」, 『비평문학』, 1998. 7.

조남익, 「프로 시와 이야기 시의 전개」, 『시문학』, 1997. 4.

조두섭, 「임화 서간체시의 정체」, 『대구어문논총』, 1991. 6.

조정환, 「1930년대 현실주의논쟁과 프로레타리아문학의 독자성 문
　　제」, 『민주주의 민족문학론과 자기비판』, 연구사, 1989.

채수영, 「임화론」, 『한국문학연구』, 동국대, 1989. 12.

최두석, 「임화의 시세계」, 『사회비평』, 1989 여름호.

＿＿＿, 「1930년대 후반의 낭만적 시경향」, 『인문학보』, 강릉대, 1993. 11.

＿＿＿, 「한국현대리얼리즘시연구」, 서울대 박사학위논문, 1995.

최명표, 「단편서사시론」, 『한국문학논총』, 1999. 6.

최수진, 「1930년대 임화 시 연구」, 경희대 석사학위논문, 1998.

최예열, 「카프 서사시의 일 고찰」, 『대전어문학』, 1999. 2.

최정숙, 「월북시인 임화의 문학과 죽음」, 『통일』, 1990. 3~4.

하재연, 「임화 시 연구—발화 구조의 변모를 중심으로」, 고려대 석사
학위논문, 2000.

하정일, 「30년대 후반 휴머니즘 논쟁과 민족문학의구도」, 『1930년대
민족문학의 인식』, 한길사, 1990.

_____, 「1930년대 후반 사회주의 리얼리즘론의 발전과 반파시즘 인
민전선」, 『창작과비평』, 1991 봄호.

한기형, 「임화의 문학사 서술에 대한 관점의 몇 가지 문제」, 『한국근대
문학사의 쟁점』, 창비, 1990.

허형만·이훈, 「1930년대 임화의 리얼리즘론 연구」, 『한국언어문학』,
1999. 5.

홍정선, 「임화와 이상」, 『황해문화』, 2000. 9.

홍희선, 「임화시연구」, 서울여대 석사학위논문, 1991.

황국명, 「계급문학에서의 장편소설 논쟁」, 『인문논총』, 경남대, 1994. 12.

_____, 「임화의 소설론 연구」, 『인제논총』, 1995. 12.

황정범, 「임화 비평의 연구」, 부산대 석사학위논문, 1990.

황종연, 「1930년대 고전부흥운동의 문학사적 의의」, 『한국문학연구』,
동국대, 1988. 12.

김윤식金允植 경남 진영에서 태어나 서울대학교 국어국문학과 대학원에서 문학박사학위를 받았다. 현재 서울대학교 명예교수이며 명지대학교 석좌교수로 재직 중이다.
저서에 『이광수와 그의 시대』(1986), 『김동리와 그의 시대』(1995), 『염상섭연구』(1999), 『백철 연구』(2008) 등 다수가 있다.